LP 236

www.lenos.ch

Ghassan Kanafani

Männer in der Sonne

Roman aus Palästina

Aus dem Arabischen und mit einem Nachwort von Hartmut Fähndrich

Lenos Verlag

Der Autor

Ghassan Kanafani wurde 1936 in Akka geboren. 1948 wurde seine Familie durch die Besetzung der Israelis vertrieben. Als Flüchtling lebte Kanafani zunächst im Libanon, später während längerer Zeit in Damaskus, wo er seine Schulbildung abschloss und einige Jahre als Lehrer arbeitete. 1956 ging er als Sport- und Zeichenlehrer nach Kuwait. 1960 zog er nach Beirut, wo er in der Folgezeit bei mehreren Zeitungen arbeitete und schliesslich Sprecher von George Habaschs Volksfront für die Befreiung Palästinas war. 1972 wurde er in Beirut durch eine Bombe getötet, die an seinem Wagen angebracht war.

Der Übersetzer

Hartmut Fähndrich, geboren 1944 in Tübingen. Studierte Vergleichende Literaturwissenschaft und Islamwissenschaft in Deutschland und in den Vereinigten Staaten. 1978 bis 2014 Lehrtätigkeit an der ETH Zürich. Übersetzte zahlreiche Werke aus dem Arabischen ins Deutsche und wurde dafür mehrfach ausgezeichnet. Lebt in Bern.

FSC
MIX
Papier
FSC® C083411

Titel der arabischen Originalausgabe:
Riǧāl fī š-šams

LP 236
Zweite Auflage 2023

Satz und Gestaltung: Lenos Verlag, Basel
Umschlagfoto: Pixabay
Printed in Germany
ISBN 978 3 85787 836 7

Männer in der Sonne

Abu Kais

Abu Kais lag da, die Brust auf die taufeuchte Erde gepresst, die unter ihm zu pulsieren begann: die Schläge eines müden Herzens, die zitternd jedes einzelne Sandkorn durchdrangen, dann durch die Zellen seines Herzens zogen. Immer wenn er sich auf die Erde warf, spürte er jenes feine Zittern; es war, als bahnte sich das Herz der Erde mit Gewalt einen Weg aus den tiefsten Tiefen der Hölle ans Licht.

Als er das einmal seinem Nachbarn erzählte, dem Bauern, mit dem er sich dort den Boden geteilt hatte, den er vor zehn Jahren verlassen musste, meinte dieser spöttisch: »Das ist das Klopfen deines eigenen Herzens, das du immer dann spürst, wenn du die Brust auf die Erde drückst.«

Was für ein törichtes Geschwätz. Woher kommt denn dann der Geruch? Dieser Geruch, der ihm um den Kopf wogte und ihm betäubend in die Adern drang. Immer wenn er so hingeworfen auf die Erde ihren Duft einsog, kam es ihm vor, als spürte er den Hauch, der dem Haar seiner Frau entströmte, wenn sie, mit frischem kaltem Wasser gewaschen, aus dem Bad kam. Es war derselbe Duft, der Duft einer Frau, die, mit kaltem Wasser gewaschen, ihm ihr Haar über das Gesicht breitete. Es war dasselbe Beben, als hielte man ein Vögelchen in weichen Händen.

Die Feuchtigkeit der Erde, dachte er, rührt sicher vom gestrigen Regen her. Doch nein, gestern hatte es gar nicht geregnet. Der Himmel kann jetzt nur noch Hitze und Staub herabsenden. Hast du vergessen, wo du bist? Hast du das vergessen?

Abu Kais drehte sich um. Er legte die Hände unter den Kopf und betrachtete den Himmel. Er war gleissend hell. Ein schwarzer Vogel kreiste dort oben, allein, ziellos. Er wusste nicht, warum ihn plötzlich ein bitteres Gefühl des Fremdseins überkam. Einen Augenblick fürchtete er, in Tränen auszubrechen. Nein, gestern hat es nicht geregnet. Wir haben jetzt August, hast du das vergessen? Jenen endlos scheinenden Weg in die Weite, hast du den vergessen? Der Vogel kreiste noch immer allein wie ein schwarzer Punkt in dieser endlosen Hitze. Wir haben August. Warum ist dann die Erde so feucht? Es ist der Schatt al-Arab. Siehst du ihn nicht vor dir, so weit dein Blick reicht?

»Die beiden grossen Ströme Euphrat und Tigris bilden nach ihrem Zusammenfluss einen einzigen Strom, den Schatt al-Arab. Dieser erstreckt sich von etwas oberhalb Basras bis ...«

Herr Salîm, der hagere, weisshaarige alte Lehrer, wiederholte dies mit seiner Fistelstimme wohl zehnmal einem kleinen Jungen, der neben der schwarzen Tafel stand, als Abu Kais an der Dorfschule vorbeiging. Er stieg auf einen Stein und blickte verstohlen durch das Fenster. Herr Salîm stand vor dem Schüler und schrie, mit seinem dünnen Stock herumfuchtelnd, so laut er konnte: »Die beiden grossen Ströme Euphrat und Tigris bilden nach ihrem Zusammenfluss ...«

Der Junge zitterte angstvoll, während eine Unruhe

durch die Klasse ging. Abu Kais streckte die Hand aus und tippte einem Kind auf den Kopf. Der Junge schaute zu ihm empor.

»Was ist denn hier los?« fragte Abu Kais durchs Fenster.

»Ein Dummkopf«, flüsterte der Junge feixend.

Abu Kais stieg von dem Stein herab und ging weiter. Herrn Salîms Stimme folgte ihm. »Die beiden grossen Ströme Euphrat und Tigris bilden nach ihrem Zusammenfluss ...«

Am selben Abend sah er Herrn Salîm beim Dorfschulzen sitzen, eine Wasserpfeife schmauchend.

Man hatte ihn von Jaffa in das Dorf geschickt, damit er die Kinder unterrichtete. Schon lange Zeit seines Lebens hatte er als Lehrer gearbeitet; die Bezeichnung »Herr« war untrennbar mit seinem Namen verbunden. An jenem Abend beim Dorfschulzen fragte ihn jemand: »Du wirst doch sicherlich am nächsten Freitag das Gebet leiten?«

»Nein, ich bin Lehrer, nicht Vorbeter«, antwortete Herr Salîm schlicht und einfach.

»Und worin besteht der Unterschied?« wollte der Dorfschulze wissen. »Unser früherer Lehrer wirkte auch als Vorbeter.«

»Er war Koranschullehrer, ich bin Grundschullehrer.«

Der Dorfschulze liess nicht locker. »Worin besteht der Unterschied?«

Herr Salîm antwortete nicht, sondern liess seinen Blick über die Gesichter gleiten, als suchte er Hilfe bei einem der Anwesenden. Aber alle waren verunsichert, auch der Dorfschulze.

Nach einer langen Pause räusperte sich Herr Salîm und sagte ruhig: »Also gut, ich weiss aber nicht, wie man betet.«

»Was? Du weisst nicht, wie man betet?« riefen alle erstaunt.

»Nein, ich weiss es nicht«, bestätigte er.

Die Anwesenden sahen einander befremdet an. Schliesslich blieben die Blicke am Dorfschulzen haften. Dieser spürte, dass es an ihm war, etwas zu sagen. Er überlegte nicht lang, sondern fragte geradeheraus: »Was kannst du dann?«

Herr Salîm schien eine solche Frage erwartet zu haben. Er stand auf und antwortete, ohne zu zögern: »Vieles. Zum Beispiel gut schiessen.« Er ging zur Tür, drehte sich zurück, und als er sprach, bebten seine hageren Gesichtszüge: »Wenn sie euch angreifen, weckt mich. Vielleicht kann ich euch nützlich sein.«

Das also ist der Schatt al-Arab, von dem Herr Salîm vor zehn Jahren gesprochen hatte. Und hier lag er nun, Tausende von Kilometern und Tagen von seinem Dorf und von Herrn Salîms Schule entfernt. Gott erbarme sich deiner, Herr Salîm! Sicher warst du sein besonderer Günstling, liess er dich doch in der Nacht sterben, bevor unser unglückliches Dorf den Juden in die Hände fiel ... Eine einzige Nacht, o Gott! Gibt es eine grössere Gunst als diese? Gewiss, die Männer hatten anderes zu tun, als dich zu begraben und dir die letzte Ehre zu erweisen. Jedenfalls aber bist du dortgeblieben ... Dort bist du geblieben. Dir sind Erniedrigung, Elend und Schande im Alter erspart geblieben. Gott erbarme sich deiner, Herr Salîm!

Und wenn du nun noch lebtest, in Armut versunken, genau wie ich? Hättest du auch das getan, was ich jetzt tue? Hättest du auch alle deine Lebensjahre geschultert und wärst durch die Wüste nach Kuwait geflohen, um dort dein Brot zu verdienen?

Abu Kais stützte sich auf die Ellbogen und starrte wieder auf den grossen Strom, als hätte er ihn noch nie gesehen. Das also ist der Schatt al-Arab.

»Ein grosser Strom, auf dem mit Datteln und Stroh beladene Schiffe dahinfahren wie Autos auf einer Strasse in der Stadt.«

Das hatte ihm sein Sohn Kais rasch erklärt, als er ihn an jenem Abend examinierend nach dem Schatt al-Arab fragte. Kais hatte schnell und klar geantwortet und noch hinzugefügt: »Ich habe dich heute durchs Fenster ins Klassenzimmer schauen sehen.«

Abu Kais hatte sich seiner Frau zugewandt, die lachte. Er schämte sich ein wenig und sagte langsam: »Das habe ich schon vorher gewusst ...«

»Nein, hast du nicht; das hast du erst heute erfahren, als du durchs Fenster geschaut hast.«

»Meinetwegen, was macht das schon aus, ob ich's wusste oder nicht. Geht deshalb die Welt unter?«

Seine Frau blickte ihn von der Seite an und sagte: »Kais, geh und spiel im anderen Zimmer.«

Als er die Tür hinter sich zugeschlagen hatte, sagte sie zu ihrem Mann: »Sprich nicht so vor dem Jungen. Er freut sich darüber, dass er es weiss. Verdirb ihm nicht die Freude.«

Abu Kais trat zu ihr, legte ihr die Hand auf den Bauch und flüsterte: »Wann ist es soweit?«

»In sieben Monaten.«

»Oh.«

»Diesmal soll es ein Mädchen werden.«

»Nein, ein Junge soll es sein, ein Junge!«

Doch sie schenkte einem Mädchen das Leben, das er Husna nannte. Zwei Monate später starb es.

»Es war ein äusserst schwächliches Kind«, meinte der Arzt achselzuckend.

Das war, einen Monat nachdem sie ihr Dorf verlassen hatten – in einem alten Haus, in einem anderen Dorf, weit von der Kampflinie entfernt.

»Abu Kais, ich spüre es, es wird nicht mehr lange dauern.«

»Gut, gut, bleib ruhig!«

»Ich wünschte«, murmelte er vor sich hin, »Schwangerschaften würden hundert Monate dauern. Ist jetzt etwa die Zeit, ein Kind zu kriegen?«

»Oh, mein Gott.«

»Was ist?«

»Es ist soweit.«

»Soll ich jemand rufen?«

»Ja, Umm Umar.«

»Wo finde ich die jetzt?«

»Gib mir das Kissen ...«

»Wo finde ich Umm Umar?«

»O Gott. Heb mich ein wenig hoch, damit ich mich gegen die Wand lehnen kann.«

»Beweg dich nicht so viel; ich geh Umm Umar holen.«

»O Gott im Himmel! Beeil dich!«

Abu Kais rannte hinaus. Als er die Tür zugeschlagen hatte, hörte er das Schreien des Neugeborenen. Er kehrte um und legte sein Ohr an die Holztür ...

Vom Schatt al-Arab her rauschte es. Die Matrosen schrien laut. Der Himmel glühte. Der schwarze Vogel zog noch immer seine Kreise.

Abu Kais stand auf, schüttelte den Staub ab und starrte hinüber zum Strom. Stärker als je zuvor spürte er, wie fremd und winzig er war. Er fuhr mit der Hand über die Stoppeln am Kinn und vertrieb die Gedanken, die sich in seinem Kopf drängten wie Ameisenheere.

Gerade jenseits des Stromes, gar nicht weit, gab es alles, was er entbehren musste. Dort lag Kuwait. Dort würde alles, was bisher nur ein Traum war, Wirklichkeit. Ja, all das gab es dort, Häuser aus Stein, Erde, Wasser, Himmel, nicht so, wie seine müde Phantasie es ihm vorgaukelte. Sicherlich gab es Gassen dort, Strassen, Männer, Frauen, auch Kinder, die zwischen Bäumen umhersprangen ... Nein, Bäume gibt es nicht in Kuwait! Sein Freund Saad, der dort als Fahrer gearbeitet hatte – er war mit Säcken voller Geld zurückgekommen –, hatte ihm ja erzählt, dass es dort keinen einzigen Baum gebe. Alles nur Hirngespinste deines alten, müden Kopfes, Abu Kais ... Zehn knorrige Bäume hatten dort in Palästina jedes Frühjahr ihren Olivensegen gespendet ... In Kuwait gibt es keine Bäume. Das jedenfalls hat Saad gesagt. Du musst es ihm schon glauben, denn er weiss, obwohl er jünger ist, mehr als du. Alle wissen mehr. Alle.

In den vergangenen zehn Jahren hast du nichts anderes getan als gewartet. Zehn lange Hungerjahre hast du gebraucht, um endlich zu begreifen, dass deine Bäume, dein Haus, deine Jugend und dein Dorf verloren sind. In diesen Jahren sind die Menschen weitergegangen. Nur du hast wie ein alter Hund in einer elenden Hütte gehockt. Was hast du eigentlich erwartet? Etwa, dass plötzlich der Reichtum durch das Dach deiner Hütte brechen würde? Deiner Hütte? Sie gehörte dir ja nicht einmal. Ein gütiger Mann hatte dir einst lediglich angeboten: »In dieser Hütte kannst du wohnen.«

Das war alles. Nach einem Jahr hiess es dann: »Gib mir die Hälfte zurück.«

Da hast du alte Leinwandsäcke als Trennwand zwischen dich und deine neuen Nachbarn gehängt und bist weiter hockengeblieben, bis einmal Saad kam und dich kräftig durchschüttelte, wie man Milch zu Butter schüttelt.

»Wenn du erst mal am Schatt al-Arab bist, dann kommst du auch leicht nach Kuwait. Basra ist voller Führer, die dich durch die Wüste bringen können. Warum raffst du dich nicht auf?«

Seine Frau hatte Saads Worte mitgehört. Sie liess ihren Blick zwischen den Männern hin und her wandern und wiegte ihr Kind dabei.

»Es ist ein gewagtes Unterfangen und der Ausgang keineswegs sicher.«

»Der Ausgang keineswegs sicher? Und das sagt Abu Kais! Dass ich nicht lache.«

Er blickte zu Umm Kais hinüber und fuhr fort: »Hast du gehört, was dein Mann sagt? Der Ausgang keineswegs sicher. Als wäre das Leben ein Honigschlecken. Warum nimmt er sich nicht ein Beispiel an uns? Ist er etwas Besseres?«

Sie schaute nicht zu ihm auf; er wünschte es auch nicht.

»Gefällt dir etwa das Leben hier? Seit zehn Jahren haust du wie ein Bettler. Was für eine Schande! Und dein Sohn Kais, wann wird er wieder zur Schule gehen? Auch der andere wird bald herangewachsen sein. Wie wirst du ihm in die Augen sehen können, wenn du ...«

»Gut, das reicht!«

»Nein, das reicht noch nicht. Was für eine Schande! Du bist jetzt für eine grosse Familie verantwortlich. Warum gehst du nicht dorthin? Was meinst du dazu, Umm Kais?«

Die Frau schwieg noch immer. Abu Kais dachte, auch das andere Kind wird bald herangewachsen sein. Doch er sagte: »Es ist ein weiter Weg bis Kuwait, und ich bin ein alter Mann und kann nicht laufen wie ihr; vielleicht sterbe ich gar.«

Niemand im Zimmer reagierte. Die Frau wiegte noch immer ihr Kind. Saad drängte nicht mehr. Doch eine rauhe Stimme hallte Abu Kais im Kopf: Du sterben? Wäre das nicht besser, als so weiterzuleben? Seit Jahren hoffst du nun, zu deinen zehn Olivenbäumen zurückzukehren, die du in deinem Dorf besessen hast ... Deinem Dorf? Er schaute zu seiner Frau hinüber.

»Was meinst du dazu, Frau?«

»Ich richte mich ganz nach dir«, flüsterte sie und blickte ihn an.

»Wir werden Kais zur Schule schicken können.«

»Ja, sicher.«

»Vielleicht kaufen wir auch ein oder zwei Olivenbäumchen.«

»Natürlich.«

»Vielleicht bauen wir uns irgendwo ein Häuschen.«

»Ja, gewiss.«

»Wenn ich überhaupt hinkomme ... Wenn ich überhaupt hinkomme.«

Er brach ab und sah seine Frau an. Er wusste, sie würde gleich weinen. Ein leises Zittern ihrer Unterlippe, eine Träne, die langsam grösser und grösser wird und über die zerfurchte braune Wange hinabrollt. Er wollte noch etwas sagen, doch aufkommende Tränen und ein Würgen im Hals liessen ihn nicht weiterreden.

Dasselbe Würgen verspürte er auch in Basra im Laden des Fettwanstes, der sein Geld damit machte, Leute von dort nach Kuwait zu schmuggeln. Da stand er vor ihm, nach all den Erniedrigungen und mit all den Hoffnungen, die ein alter Mann wie er auf seine Schultern laden kann. Im Raum herrschte ein surrendes Schweigen, das der Fettwanst unterbrach, indem er wiederholte: »Es ist eine mühsame Reise, das sage ich dir. Sie wird dich fünfzehn Dinar kosten.«

»Garantierst du mir, dass wir wohlbehalten ankommen?«

»Natürlich, du wirst wohlbehalten ankommen, aber es wird etwas qualvoll. Du weisst, wir haben August. Es ist sehr heiss, und in der Wüste gibt es keinen Schatten. Aber du wirst schon hinkommen.«

Noch immer fühlte er das Würgen im Hals. Er spürte aber, wenn er jetzt nicht sagte, was er zu sagen hatte, würde es ihm nie mehr über die Lippen kommen. »Ich habe Tausende von Kilometern zurückgelegt, um zu dir zu kommen. Saad hat mich geschickt. Erinnerst du dich an ihn? Ich besitz überhaupt nur fünfzehn Dinar. Was meinst du dazu, von mir nur zehn zu nehmen und mir den Rest zu erlassen?«

Der Fettwanst fiel ihm ins Wort: »Das hier ist kein Scherz. Hat dir denn dein Freund nicht gesagt, dass wir hier feste Preise haben? Wir setzen euretwegen das Leben des Führers aufs Spiel.«

»Und wir setzen unser Leben aufs Spiel.«

»Ich zwinge dich zu nichts.«

»Zehn Dinar?«

»Fünfzehn! Hörst du nicht gut?«

Er konnte nicht mehr. Der Fettwanst, schwitzend in seinem Sessel, blickte ihn mit weitaufgerissenen Augen an, und Abu Kais wünschte, der Mann möchte woandershin starren. Plötzlich spürte er sie warm im Augenwinkel, drauf und dran herunterzurollen. Er wollte noch etwas sagen, brachte aber kein Wort hervor. Tränen schienen seinen ganzen Kopf zu füllen. Er drehte sich um und stürzte auf die Strasse. Hinter einem Tränenschleier verschwammen die Menschen. Himmel und Fluss verschmolzen ineinander. Alles um ihn herum wurde zu einer unendlichen, gleissenden Glut. Er ging zu seinem alten Platz und warf sich auf die feuchte Erde, die unter ihm aufs neue zu pulsieren begann.

Der Geruch der Erde drang ihm in die Nase und durchflutete seine Adern.

Assaad

Assaad stand vor dem Fettwanst, der Menschen von Basra nach Kuwait schmuggelte.

»Fünfzehn Dinar werd ich dir zahlen. Gut. Aber erst wenn ich in Kuwait bin, keinen Augenblick eher«, rief er.

Der Mann starrte ihn unter fetten Lidern hervor an und fragte einfältig: »Warum denn?«

»Warum? Nun, weil der Führer, den ihr uns mitschickt, spätestens auf halbem Weg weglaufen wird. Fünfzehn Dinar, einverstanden, aber erst wenn wir da sind.«

Der Mann faltete vergilbte Papiere zusammen, die vor ihm lagen, und sagte boshaft: »Ich zwinge dich zu nichts, zu gar nichts.«

»Was soll das heissen?«

»Das soll heissen, wenn dir meine Bedingungen nicht behagen, mach kehrt, und schon nach drei Schritten findest du dich auf der Strasse wieder.«

Auf der Strasse? Gibt es noch Strassen auf dieser Welt? Hatte er sie nicht lange, lange Tage mit seiner Stirn geschrubbt, mit seinem Schweiss gewischt? Sie alle sagen das: Du findest dich auf der Strasse wieder. Auch Abul-Abd, der ihn von Jordanien nach dem Irak geschmuggelt hatte.

»Du brauchst nur ›Etschfor‹* zu umgehen. Es wäre gut, wenn du ein Stück weit durch die Wüste gingst. Du bist noch jung und kannst die Hitze eine Weile ertragen.

* Für engl. »H4«, eine von mehreren Pumpstationen entlang der Pipeline von Kirkuk (Irak) ans Mittelmeer. H4, etwa 70 km westlich der jordanisch-irakischen Grenze gelegen, diente als jordanischer Grenzposten.

Dann komm zur Strasse zurück, ich werde dich dort erwarten.«

»So hatten wir es aber nicht abgemacht. In Amman hast du mir gesagt, du nimmst mich nach Bagdad mit. Ich habe dir immerhin zwanzig Dinar gezahlt. Du hast mir nie gesagt, dass ich ›Etschfor‹ zu Fuss umgehen müsste.«

Abul-Abd haute auf den Kotflügel seines staubbedeckten Wagens. Seine Finger hinterliessen Abdrücke; die knallrote Farbe des Autos wurde sichtbar. Das mächtige Fahrzeug hatte, als sie miteinander verhandelten, neben einem Haus unweit des Amman-Berges gestanden. Er erinnerte sich genau an die Bedingungen.

»Es ist keine leichte Aufgabe. Man sperrt mich ein, wenn man dich bei mir aufgreift. Trotzdem werde ich dir diesen grossen Dienst erweisen, weil ich deinen seligen Vater gekannt habe. Ja, wir haben vor zehn Jahren in Ramla sogar zusammen gekämpft.«

Abul-Abd schwieg einen Moment. Sein blaues Hemd war schweissdurchnässt. Sein scharfkantiges Gesicht gab Assaad das Gefühl, vor einem jener Männer zu stehen, die glauben, Wunder zu vollbringen gehöre zu den Pflichten von Familienvätern.

»Zwanzig Dinar«, fuhr er fort, »und du kommst nach Bagdad.«

»Zwanzig Dinar?«

»Jawohl! Und du musst mir unterwegs immer zur Hand gehen. Übermorgen geht's los. Ich muss für einen reichen Mann aus Bagdad ein kleines Auto dorthin bringen. Er hat einen Teil des Sommers in Ramallah verbracht und ist danach lieber zurückgeflogen.«

»Wirklich zwanzig Dinar?«

Abul-Abd blickte ihn scharf an. Dann polterte er los: »Aber ich rette dir schliesslich das Leben für diese zwanzig Dinar. Glaubst du, du kannst dich dein ganzes Leben hier versteckt halten? Morgen schon können sie dich verhaften.«

»Aber woher soll ich zwanzig Dinar nehmen, woher bloss?«

»Pump jemand an. Irgendein Freund wird dir das Geld geben, wenn er erfährt, dass du nach Kuwait willst.«

»Zwanzig Dinar?«

»Ja doch, zwanzig.«

»Bis Bagdad?«

»Ja, direkt bis Bagdad.«

Doch Abul-Abd hatte ihn angelogen. Er nutzte seine Unerfahrenheit und seine Unwissenheit aus und betrog ihn. Nach einem heissen Tag Fahrt liess er ihn aussteigen und sagte ihm, er müsse »Etschfor« zu Fuss umgehen, um den Grenzposten nicht in die Hände zu fallen. Dahinter wolle er ihn auf der Strasse wiedertreffen.

»Aber ich kenne mich hier nicht aus. Begreifst du nicht, was es heisst, die ganze Strecke um ›Etschfor‹ herum in glühender Hitze zu marschieren?«

Abul-Abd haute nochmals mit der Hand auf seinen staubbedeckten Wagen. Sie standen da, allein, zwei Kilometer vor »Etschfor«.

»Was glaubst du denn?« schrie er. »Dein Name ist an allen Grenzübergängen bekannt. Was, glaubst du, würde geschehen, wenn sie dich bei mir finden, ein subversives Element, ohne Pass und ohne Passierschein? Nimm dich zusammen. Du bist stark wie ein Stier. Du kannst deine Beine ruhig gebrauchen. Auf der Strasse hinter ›Etschfor‹ werde ich dich erwarten.«

Alle reden sie von Strassen: Du findest dich auf der Strasse wieder. Und doch kennen sie von den Strassen nur den schwarzen Asphalt und die Gehsteige.

Auch der Fettwanst in Basra wiederholte bloss die gleiche Geschichte.

»Hörst du nicht, ich bin sehr beschäftigt. Ich habe dir gesagt, fünfzehn Dinar, und ich bring dich nach Kuwait. Natürlich musst du ein wenig marschieren. Aber einem kräftigen jungen Mann wie dir wird das nichts schaden.«

»Aber warum gehst du nicht auf meinen Vorschlag ein? Ich habe dir doch gesagt, dass ich dir das Geld gebe, sobald wir in Kuwait sind.«

»Du wirst hinkommen, ganz sicher.«

»Wie denn?«

»Ich schwöre es bei meiner Ehre, dass du nach Kuwait kommst.«

»Du schwörst es?«

»Ich schwöre dir bei meiner Ehre, dich hinter ›Etschfor‹ zu erwarten. Du musst nur diesen verfluchten Ort umgehen; ich werde dich erwarten.«

Er hatte einen weiten Bogen um »Etschfor« gemacht. Die Sonne hatte ihm den Kopf mit Feuer übergossen. Als er die gelben Dünen erklomm, hatte er das Gefühl, ganz allein auf dieser Welt zu sein. Er schleppte seine Füsse über den Sand, als hätte er einen grossen Kahn an Land gezogen und sich dabei völlig verausgabt. Er durchquerte Strecken mit festem Untergrund aus braunem, splitterartigem Gestein, überstieg niedrige Hügel mit flachen Kuppen aus mehlfeinem gelbem Staub. Und wenn sie mich erwischten und in das Wüstenlager al-Dschafr brächten? Wäre das nicht gnädiger? Alles sinnlos. Die Wüste ist überall. Abul-Abd hatte ihm eine Kufija gegeben, die er sich um den Kopf schlang. Aber auch diese nützte nichts gegen die sengende Hitze. Es schien ihm, als stehe auch die Kufija in Flammen. Der Horizont war zu einem Bündel orangefarbener Linien geworden, aber er war entschlossen weiterzugehen. Auch als sich der Staub in glänzende Blätter aus vergilbtem Papier verwandelte, wurde er nicht langsamer.

Plötzlich tanzten die vergilbten Blätter herum. Er bückte sich, sie aufzuheben.

»Danke, danke! Dieser verflixte Ventilator wirbelt alle Papiere durcheinander, aber ohne ihn kriege ich keine Luft. Nun, was hast du beschlossen?«

»Bist du sicher, dass der Führer, den du uns zuteilst, nicht weglaufen wird?«

»Du Einfaltspinsel! Wie sollte er denn? Ihr werdet mehr als zehn Mann sein. Er würde euch gar nicht davonlaufen können.«

»Bis wohin wird er uns bringen?«

»Bis zum Weg nach Dschahra, hinter Mutlâ. Dort seid ihr dann schon in Kuwait.«

»Müssen wir lange laufen?«

»Sechs bis sieben Stunden, länger bestimmt nicht.«

Nach vier Stunden Marsch hatte er die Strasse erreicht. »Etschfor« lag schon weit hinter ihm. Die Sonne war hinter den braunen Hügeln verschwunden, aber sein Kopf glühte noch immer. Ihm war, als strömte Blut über seine Stirn. Er setzte sich auf einen Stein und schaute in die Ferne, dorthin, wo sich die kerzengerade Strasse verlor. In seinem Kopf ging alles drunter und drüber; er hörte Tausende von Stimmen auf einmal. Dass jetzt plötzlich ein grosser roter Wagen auf der Strasse auftauchen sollte, erschien ihm als unsinnig, als Ausgeburt seiner Phantasie. Er erhob sich und starrte die Strasse entlang. Er konnte nicht mehr klar sehen – war es die Dämmerung oder der Schweiss? In seinem Kopf summte es wie in einem Bienenhaus. Da schrie er aus vollem Halse: »Abul-Abd! Verflucht sei dein Vater, verflucht deine ganze Sippe!«

»Was hast du gesagt?«

»Ich? Nichts, nichts. Wann geht's los?«

»Sobald ihr zehn seid. Du weisst doch, wir können nicht jedem einzelnen von euch einen Führer mitgeben. Also warten wir, bis zehn beisammen sind, und schicken sie dann mit einem Führer los. Gibst du mir nun das Geld?«

Er hielt die Scheine in der Tasche fest umklammert. In weniger als einem Monat, so überlegte er, werde ich meinem Onkel den Betrag zurückerstatten können. In Kuwait kann man im Nu ganz schön Geld verdienen …

»Sei nicht so optimistisch! Vor dir sind schon Dutzende losgezogen und ohne einen Groschen zurückgekommen. Dennoch werde ich dir die fünfzig Dinar geben. Du musst aber wissen, dass es die Ersparnisse eines ganzen Lebens sind.«

»Warum gibst du mir das Geld, wenn du so sicher bist, dass ich's dir nicht zurückzahlen kann?«

»Du weisst genau, warum, oder etwa nicht? Ich

möchte, dass du einen Anfang machst, und sei es in der Hölle, damit du Nada heiraten kannst. Ich kann nicht ertragen, dass meine arme Tochter noch länger warten soll. Verstehst du mich?«

Assaad fühlte, wie die Erniedrigung ihm die Kehle zuschnürte ... Er hätte seinem Onkel gern die fünfzig Dinar zurückgegeben, ja er hätte sie ihm gern voller Hass und mit aller Wucht ins Gesicht geschleudert. Er will also Nada mit mir verheiraten, dachte er. Wer hatte ihm eigentlich gesagt, dass er sie heiraten wolle? Nur weil sein Vater und er einst gemeinsam die Eröffnungssure des Korans gebetet hatten, als er und Nada am selben Tag geboren worden waren? Sein Onkel hielt dies für einen göttlichen Wink. Zahllose Bewerber hatte er abgewiesen und ihnen gesagt, seine Tochter sei bereits verlobt. Herr über alle Teufel! Wer hatte ihm nur eingeredet, er wolle diese Nada heiraten ... er wolle überhaupt heiraten?

Hier fiel er ihm nun wieder ein. Er wollte ihn also für seine Tochter kaufen wie einen Sack Dünger fürs Feld! Er hielt die Geldscheine in der Tasche fest umklammert und stand da, bereit zu gehen. Als er sie aber spürte, warm und weich, da schien es ihm plötzlich, als hätte er alle Schlüssel der Zukunft in der Hand. Wenn er seiner Wut nachgeben und seinem Onkel das Geld vor die Füsse werfen würde, käme er kaum je wieder zu fünfzig Dinar. Also beherrschte er sich, presste die Lippen zusammen und hielt das Geld in der Tasche fest umklammert. Dann sagte er: »Nein, nein. Ich werde dir das Geld erst übergeben, wenn die Reise perfekt ist. Einmal täglich werde ich dich aufsuchen. Ich wohne in einem Hotel in der Nähe.«

Der Fettwanst lächelte. Das Lächeln wurde immer breiter. Schliesslich lachte er wiehernd. »Du solltest deine Zeit nicht vergeuden, mein Sohn! Alle Führer verlangen den gleichen Lohn. Wir haben uns untereinander abgesprochen. Du bemühst dich also umsonst, aber behalt dein Geld nur, bis die Reise perfekt ist. Es steht dir frei. In welchem Hotel wohnst du denn?«

»Im Hotel Schatt al-Arab.«

»Ach so, im Rattenloch.«

Eine Ratte lief über die Strasse. Ihre kleinen Augen blitzten im Licht der Scheinwerfer. Die blonde junge Frau sagte zu ihrem Ehemann, der konzentriert am Steuer sass: »Hast du gesehen? Ein Fuchs!«

Der Mann, ein Ausländer, antwortete lachend: »Ihr solltet euch schämen, ihr Frauen. Aus einer Ratte macht ihr einen Fuchs.«

Kurz nach Sonnenuntergang hatten sie ihn aufgelesen; er hatte ihnen zugewinkt. Der Mann brachte den kleinen Wagen zum Stehen und schaute zum Fenster hinaus. Assaad zitterte vor Kälte. Der Frau war er unheimlich gewesen. Er kramte seine ganzen Englischkenntnisse zusammen: »Mein Freund musste mit dem Wagen nach ›Etschfor‹ zurück und hat mich hiergelassen.«

»Lüg doch nicht«, unterbrach ihn der Mann. »Du bist von dort geflohen. Nun gut, steig ein! Ich nehme dich nach Baakûba mit.«

Der Hintersitz war bequem. Die junge Frau gab ihm eine Decke, die er sich umlegte. Er wusste nicht genau, ob er wegen der Wüstenkälte zitterte, aus Angst oder vor Müdigkeit.

»Bist du schon lange gelaufen?« fragte ihn der Mann.

»Ich weiss nicht. Vier Stunden mögen es gewesen sein.«

»Der Führer hat dich im Stich gelassen, nicht wahr? Nun, das kommt andauernd vor.«

Die junge Frau wandte sich zu ihm um und fragte: »Warum flieht ihr von dort?«

»Das ist eine lange Geschichte«, erklärte ihr Mann. »Sag mal, kannst du gut Auto fahren?«

»Ja.«

»Dann kannst du mich ablösen, wenn du dich ausgeruht hast. Vielleicht kann ich dir helfen, den irakischen Grenzposten zu passieren. Wir werden um zwei Uhr nachts dort sein, wenn alle Verantwortlichen schlafen.«

Assaad konnte sich auf nichts mehr konzentrieren. Alles wirbelte ihm im Kopf herum. Er wusste nicht, was er zuerst fragen sollte, und so versuchte er angestrengt zu schlafen, und sei es nur für eine halbe Stunde.

»Woher stammst du?«

»Aus Palästina, aus Ramla.«

»Hm, Ramla ist weit weg. Vor zwei Wochen war ich in Saita. Kennst du das? Ich stand am Stacheldraht. Ein kleiner Junge kam zu mir und erzählte mir auf englisch, sein Haus stehe nur wenige Schritte hinterm Stacheldraht.«

»Sind Sie Beamter?«

»Beamter? Nein, selbst der Teufel würde es nicht werden wollen. Nein, mein Freund, ich bin Tourist.«

»Schau nur, schau, wieder ein Fuchs! Hast du nicht gesehen, wie seine Augen leuchteten?«

»Meine Liebe, es war wieder nur eine Ratte, eine Ratte! Warum willst du unbedingt, dass es ein Fuchs ist? ...

Hast du gehört, was letzthin in der Nähe von Saita geschehen ist?«

»Nein, was denn?«

»Der Teufel weiss es vielleicht! Willst du für immer in Bagdad bleiben?«

»Nein.«

»Also diese Wüste ist voller Ratten! Wovon ernähren sie sich nur?«

»Von kleineren Ratten«, antwortete er ruhig.

»Im Ernst?« fragte die Frau. »Das macht sie ja noch ekelhafter.«

»Ratten sind doch ekelhafte Tiere«, stellte der Fettwanst fest. »Wie kannst du nur in diesem Hotel wohnen?«

»Es ist billig.«

Der Fettwanst erhob sich, trat auf Assaad zu und legte ihm seinen schweren Arm um die Schultern. »Du siehst müde aus, junger Mann. Was ist los? Bist du krank?«

»Ich? Nein.«

»Sag's mir nur, wenn du krank bist. Vielleicht kann ich dir helfen. Unter meinen Freunden gibt es viele Ärzte. Nur ruhig, du brauchst nichts zu zahlen.«

»Gott segne dich! Ich bin ziemlich fertig, das ist alles. Wird die Reisevorbereitung lange dauern?«

»Nein, glücklicherweise seid ihr schon mehrere. In zwei Tagen bist du bereits unterwegs.«

Er wandte sich zur Tür. Noch bevor er draussen war, hörte er den Fettwanst brüllend hinter ihm herlachen. »Pass aber auf, dass dich die Ratten nicht noch vor der Abreise auffressen!«

Marwân

Marwân verliess das Büro des Fettwanstes, der Menschenschlepperei von Basra nach Kuwait organisierte, und trat hinaus in die überdachte Gasse, in der sich die Menschen drängten und die nach Datteln und Strohkörben roch. Er hatte keine rechte Vorstellung davon, was er jetzt tun sollte. Dort im Büro waren seine letzten Hoffnungen zunichte geworden, die ihm jahrelang Kraft gegeben hatten. Die letzten Worte des Fettwanstes hatten entschieden und endgültig geklungen, als seien sie aus Blei gegossen. »Fünfzehn Dinar, hörst du?«

»Aber …«

»Also bitte, fang nicht an zu heulen! Alle kommt ihr her, und dann heult ihr wie die Witwen. Mein Bruder, meine Seele! Niemand zwingt dich, hier hängenzubleiben. Warum fragst du nicht woanders? Basra ist voll von Führern.«

Natürlich würde er weitergehen und woanders fragen. Hassan, der vier Jahre lang in Kuwait gewesen war, hatte ihm gesagt, es koste pro Person fünf Dinar und nicht mehr. Er müsse sich vor dem Schlepper nur ausgesprochen männlich und mutig geben, sonst werde ihm dieser etwas vormachen und ihn betrügen, seine erst sechzehn Jahre ausnützen und ihn an der Nase herumführen.

»Ich hab gehört, es kostet pro Person fünf Dinar.«

»Fünf Dinar? Dass ich nicht lache. Das war wohl noch vor Adam und Eva. Dreh dich um, und nach drei Schritten wirst du dich auf der Strasse wiederfinden, und das ganz freiwillig.«

Marwân nahm seinen ganzen Mut zusammen, um etwas zu erwidern. Nur sieben Dinar hatte er noch in der Tasche. Und kurz zuvor hatte er sich für reich gehalten ... Jetzt aber ... Für wen hielt der ihn eigentlich? »Du nimmst fünf Dinar und gibst dich damit zufrieden, andernfalls ...«

»Andernfalls was?«

»Andernfalls zeig ich dich bei der Polizei an.«

Der Fettwanst stand auf, kam hinter seinem Schreibtisch hervor und baute sich, keuchend und schwitzend, vor ihm auf. Einen Augenblick lang starrte er ihn an und mass ihn vom Scheitel bis zur Sohle. Plötzlich hob er seine schwere Hand. »Du willst mich bei der Polizei melden, du ...«

Die schwere Hand sauste auf Marwâns Wange nieder. Die Beschimpfung verlor sich im höllischen Dröhnen in seinem Ohr. Für einen Moment verlor er das Gleichgewicht und wankte zwei Schritte zurück. Er hörte die zornheisere Stimme des Mannes: »Geh doch, und sag den Dreckskerlen, dass ich dir eine runtergehauen habe. Du willst mich doch bei der Polizei verpfeifen.«

Marwân war nur einen Augenblick kampfbereit stehengeblieben, lang genug, um sich darüber klarzuwerden, dass jeder Versuch, seine Ehre zu retten, sinnlos wäre. Ja, er spürte bis ins Mark, dass er einen unverzeihlichen Fehler begangen hatte. Er schluckte seine Erniedrigung hinunter, wiewohl die Spuren des Schlages auf seiner rechten Wange brannten.

»Was wartest du noch?«

Marwân machte kehrt und ging hinaus; draussen roch es nach Datteln und Strohkörben.

Was sollte er jetzt tun? Er wollte sich die Frage überhaupt nicht stellen. Doch wie kam es, dass er so etwas wie Genugtuung verspürte? Woran mochte das wohl liegen? Jawohl, er hätte gern die Ursache dafür ergründet. Ein Gefühl der Genugtuung und des Glücks erfüllte ihn, doch er konnte dieses Gefühl nicht von den schmerzlichen Ereignissen der letzten halben Stunde trennen.

Alle seine Bemühungen waren gescheitert. Müde lehnte er sich an eine Hauswand. Scharen von Menschen gingen an ihm vorüber, ohne ihn zu beachten. Wohl zum erstenmal in seinem Leben war er fremd und allein inmitten vieler Menschen. Und doch wollte er die Ursache für jenes unbestimmte Gefühl erfahren, das ihm Befriedigung und Genugtuung gab, ähnlich wie er es auch schon nach dem Besuch eines Films empfunden hatte. Da erschien ihm das Leben gross und weit, und er spürte, dass er in Zukunft zu denen gehören würde, die ihr Leben Augenblick um Augenblick, Stunde um Stunde in erregender Fülle und Vielfalt verbringen. Was aber gab ihm gerade jetzt dieses Gefühl, obwohl er doch schon lange keinen solchen Film mehr gesehen hatte und seine insgeheim gehegten Hoffnungen erst wenige Minuten zuvor im Büro jenes Fettwanstes zunichte geworden waren? Alles umsonst …

Doch er beschloss, nicht länger zu grübeln; er musste weitergehen.

Kaum hatte er sich von der Wand gelöst und war in

der Menge weitergegangen, spürte er, wie ihm jemand die Hand auf die Schulter legte.

»Sei nicht verzweifelt! Wo willst du jetzt hingehen?«

Der hochgewachsene Mann, der ihn angesprochen hatte, schritt wie ein alter Bekannter neben ihm her, und als Marwân ihn anschaute, war es ihm, als hätte er ihn irgendwo schon einmal gesehen. Dann trat er einen Schritt weg und warf dem Fremden einen fragenden Blick zu.

»Er ist ein bekannter Halsabschneider«, sagte der Mann. »Was hat dich zu ihm geführt?«

»Alle gehen zu ihm«, antwortete Marwân nach kurzem Zögern.

Der Mann trat näher zu Marwân und hängte sich bei ihm ein wie ein alter Bekannter. »Du willst nach Kuwait?«

»Ja, woher weisst du das?«

»Ich stand an der Tür und sah dich hineingehen und herauskommen. Wie heisst du?«

»Marwân. Und du?«

»Man nennt mich Abul-Chaisurân.«

Nun erst bemerkte Marwân, dass der Fremde tatsächlich einem Bambusrohr* ähnelte. Er war sehr gross und hager, und doch schienen sein Hals und seine Hände kräftig und fest. Irgendwie sah er aus, als könnte er sich biegen und den Kopf zwischen die Beine stecken, ohne die Wirbelsäule oder andere Knochen zu belasten. »Schön, was willst du von mir?«

Abul-Chaisurân überging die Frage und erkundigte sich seinerseits: »Warum willst du nach Kuwait?«

* Chaisurân bedeutet Bambusrohr.

»Ich suche Arbeit. Du weisst, wie es dort bei uns aussieht. Seit vielen Monaten bin ich ...«

Plötzlich schwieg er und blieb stehen. Jetzt, gerade jetzt war ihm klargeworden, woher jenes Gefühl der Befriedigung und Genugtuung kam, dessen Ursache ihm noch vor wenigen Minuten völlig unbegreiflich gewesen war. Ganz klar stand es ihm nun vor Augen, und all die Niedergeschlagenheit, die ihm den Blick verstellt hatte, war wie durch ein Wunder verflogen, und mit unvergleichlicher Macht überkam ihn dieses Gefühl wieder.

Am Morgen hatte er als erstes einen langen Brief an seine Mutter geschrieben. Jetzt war er glücklich darüber, dass er das getan hatte, bevor seine Hoffnungen im Büro des Fettwanstes zunichte gemacht wurden und jene reine Freude, die er in diesem Brief zum Ausdruck gebracht hatte, verflogen war. Es war grossartig gewesen, eine Weile in Gedanken bei seiner Mutter zu sein.

Er war sehr früh aufgestanden. Man hatte ihm das Bett auf das Dach des Hotels gestellt, denn im Zimmer wäre bei dieser Hitze und Feuchtigkeit an Schlafen nicht zu denken gewesen. Als er bei Sonnenaufgang die Augen öffnete, war die Luft wunderbar ruhig, der Himmel noch immer tiefblau. Schwarze Tauben kreisten über ihm, und wenn sie sich bei ihrem weiten Rundflug dem Hotel näherten, vernahm er ihren Flügelschlag. Es herrschte tiefes Schweigen; die Luft war erfüllt vom Duft der reinen Morgenfrische. Er griff nach dem kleinen Koffer unter seinem Bett und holte ein Heft und einen Bleistift hervor. Dann schrieb er, während er so dalag, einen Brief an seine Mutter.

Es war das Schönste, was er seit Monaten getan hatte. Er war von niemandem gezwungen worden; es war sein ureigenster Wunsch. Er war in bester Verfassung, und der Brief glich dem klaren Himmel über ihm. Er wusste nicht, wie er sich erlauben konnte, seinen Vater einen gemeinen Hund zu nennen. Doch da er es nun einmal geschrieben hatte, wollte er es nicht mehr ausstreichen; nicht ein einziges Wort im ganzen Brief wollte er ausstreichen! Nicht etwa deshalb, weil seine Mutter ausgestrichene Wörter als böses Omen ansah, sondern einfach, weil er es nicht wollte.

Eigentlich hegte er seinem Vater gegenüber gar nicht solch einen Groll. Gewiss, was dieser getan hatte, war abscheulich. Doch wer tut nicht dergleichen von Zeit zu Zeit? Marwân konnte seinen Vater gut verstehen, ihm sogar verzeihen. Aber konnte sein Vater sich selbst je verzeihen?

Vier Kinder hat er verlassen, Dich grundlos verstossen, und alles nur, um diesen Krüppel zu heiraten. Er wird es sich nicht verzeihen, wenn er eines Tages zur Besinnung kommt und begreift, was er getan hat ... Ich möchte niemanden hassen; ich könnte es auch nicht, selbst wenn ich es wollte. Warum hat er Dir das angetan? Ich weiss ja, dass Du nicht willst, dass jemand von uns über ihn redet. Aber warum, glaubst Du, hat er das getan? Nun ist sowieso alles vorbei. Er ist weg, und wir haben keinerlei Hoffnung mehr, ihn zurückzubekommen. Warum aber hat er das getan? Ich muss diese Frage stellen: Warum? Ich werde Dir auch die Antwort darauf geben.

Als wir nichts mehr von meinem Bruder Sakarîja hörten, veränderten sich unsere Verhältnisse grundlegend. Er hatte uns ja jeden Monat gegen zweihundert Rupien aus Kuwait geschickt. Dieser Betrag gab Vater etwas von der Sicherheit, die er sich erträumte. Als wir nun aber nichts mehr von Sakarîja hörten (hoffentlich ist ihm nichts zugestossen), was meinst Du wohl, was er gedacht hat? Er sagte sich, ja er erzählte es uns allen, dass das Leben etwas Merkwürdiges sei und dass ein Mann im Alter in gesicherten Verhältnissen leben und nicht gezwungen sein möchte, ein halbes Dutzend hungriger Mäuler zu stopfen. Hat er das etwa nicht gesagt?

Sakarîja war fortgegangen, und wir hörten nichts mehr von ihm. Wer also sollte die Mäuler stopfen? Wer Marwâns Schulbesuch bezahlen? Wer Kleider für Majj kaufen? Wer Brot für Rijâd, Salma und Hassan? Wer?

Er ist ein mittelloser Mann, Du weisst es. Sein ganzer Wunsch war es, die Lehmhütte im Lager, die er zehn Jahre lang bewohnte, zu verlassen und unter ein festes Dach aus Zement zu ziehen. Nun aber war Sakarîja fort! Alle seine Hoffnungen zerbrachen, seine Träume wurden zunichte, und alles war dahin. Was, glaubst Du, hätte er tun können?

Da schlug ihm sein alter Freund, Schafîkas Vater, vor, er solle seine Tochter heiraten. »Sie besitzt am Ortsrand ein Haus mit drei Zimmern«, erzählte er ihm. »Sie hat es von dem Geld bezahlt, das eine Wohlfahrtsorganisation für sie aufgebracht hat.« Abu Schafîka wollte nur eines – die Sorge für seine Tochter, die bei der Beschiessung von Jaffa ihr rechtes Bein verloren hatte und ihm nun zur Last fiel, einem Ehemann aufbürden. Er würde nicht mehr lange leben und wollte mit dem ruhigen Gefühl sterben, dass für seine Tochter gesorgt war. Niemand hatte sie, wegen ihres am Oberschenkel amputierten Beines, heiraten wollen. Wenn ich zwei Zimmer vermiete, hat Vater sich überlegt, und mit meiner verkrüppelten Frau im dritten wohne, so hätte ich für den Rest meines Lebens ausgesorgt und müsste mich um nichts mehr kümmern – und das auch noch unter einem Dach aus Zement!

»Willst du hier Wurzeln schlagen?«

Marwân schüttelte den Kopf und ging weiter.

Abul-Chaisurân blickte ihn von der Seite an. Er schien ein spöttisches Lächeln zu unterdrücken. »Warum so nachdenklich? Das ist nichts für dich, Marwân. Du bist noch jung, und das Leben ist lang!«

Marwân blieb erneut stehen, warf den Kopf zurück und fragte: »Nun, was willst du von mir?«

Abul-Chaisurân ging weiter, Marwân folgte.

»Ich kann dich nach Kuwait bringen.«

»Wie?«

»Das ist meine Sache. Du möchtest doch nach Kuwait? Und hier steht jemand, der dich hinbringen könnte. Was willst du mehr?«

»Wieviel willst du dafür?«

»Das ist nun wirklich nicht so wichtig.«

»Doch, es ist ausserordentlich wichtig.«

Abul-Chaisurân grinste breit, und zwischen seinen Lippen wurden zwei Reihen grosser, strahlend weisser Zähne sichtbar. »Ich will dir nichts vormachen. Ich muss sowieso nach Kuwait fahren und habe mir gesagt, ein kleiner Nebenverdienst kann nicht schaden. Also nehme ich ein paar Leute mit. Wieviel kannst du zahlen?«

»Fünf Dinar.«

»Bloss?«

»Ich besitze nicht mehr.«

»Gut, ich nehme sie.«

Abul-Chaisurân steckte die Hände in die Tasche und schritt so schnell aus, dass Marwân ihn fast aus den Augen verloren hätte. Er musste richtig laufen, um ihn einzuholen. Plötzlich blieb Abul-Chaisurân stehen und legte den Zeigefinger an die Lippen. »Aber sag es niemand weiter! Und wenn ich von einem anderen zehn Dinar verlange, sag ihm nicht, von dir hätte ich nur fünf genommen.«

»Und wie soll ich dir trauen können?«

Abul-Chaisurân überlegte ein wenig und liess wieder jenes breite Lächeln sehen. »Du hast recht«, sagte er dann. »Das Geld zahlst du mir erst im Zentrum von Kuwait, auf dem Safa-Platz. Einverstanden?«

»Einverstanden.«

»Wir brauchen aber noch weitere Mitreisende. Du musst mir helfen, das ist Bedingung.«

»Ich kenne jemand im Hotel, der auch hinmöchte.«

»Ausgezeichnet! Ich kenne auch noch einen. Er stammt aus meinem Dorf in Palästina. Ich hab ihn zufällig hier getroffen. Aber ich habe dich überhaupt noch nicht gefragt, ob du in Kuwait eigentlich jemand kennst.«

Wieder blieb Marwân stehen, doch Abul-Chaisurân zog ihn am Arm weiter neben sich her.

»Mein Bruder arbeitet dort.«

Abul-Chaisurân schüttelte den Kopf und hastete weiter. Er hob die Schultern so hoch, dass der Hals dazwischen verschwand. So wirkte er kleiner. »Wenn dein Bruder schon dort arbeitet, warum willst du es dann auch noch? In deinem Alter geht man doch noch zur Schule.«

»Vor zwei Monaten bin ich auch noch zur Schule gegangen, aber jetzt will ich arbeiten, um für meine Mutter und meine Geschwister zu sorgen.«

Abul-Chaisurân blieb stehen, zog die Hände aus der Tasche und stemmte sie in die Hüften. Dann mass er Marwân lachend und sagte: »Ach so, jetzt verstehe ich. Nicht wahr, dein Bruder schickt euch kein Geld mehr?« Marwân nickte und wollte weitergehen, Abul-Chaisurân hielt ihn am Arm fest. »Warum? Er hat geheiratet?«

Marwân blickte ihn erstaunt an und fragte leise: »Woher weisst du das?«

»Nun, es gehört kein grosser Scharfsinn dazu. Alle hören auf, ihren Angehörigen Geld zu schicken, wenn sie heiraten oder sich verlieben.«

Marwân fühlte in seinem Innern eine kleine Enttäuschung wachsen. Nicht weil er überrascht war, sondern weil er begriff, dass dies ein verbreiteter und bekannter Vorgang war. Bisher war er der Meinung gewesen, ein grosses Geheimnis in seiner Brust zu hüten, das nur er kannte. Monatelang hatte er es sogar seinen Eltern nicht mitgeteilt. Und nun wurde es, in Abul-Chaisurâns Mund, zur Regel, zur Alltäglichkeit. »Aber warum machen sie es so? Warum verleugnen sie ...«

Plötzlich brach er ab; Abul-Chaisurân hatte wieder zu lachen begonnen. »Ich freue mich, dass du nach Kuwait gehst. Du wirst dort vieles lernen. Zunächst, dass erst das Geld kommt und dann die Moral.«

Als ihn Abul-Chaisurân in der Hoffnung auf ein erneutes Treffen am Nachmittag verliess, waren all die wundervollen Gefühle dahin, die ihn am Morgen so belebt hatten. Ja, er fand es seltsam, dass ihn jener Brief an seine Mutter so unbeschwert gemacht haben sollte, dass ihm sogar seine hoffnungslose Lage weniger aussichtslos erschienen war. Ein alberner Brief, den er unter dem Druck der Einsamkeit und der Hoffnung auf dem Dach eines schäbigen Hotels am Ende der Welt geschrieben hatte. Was war daran ungewöhnlich? Glaubte er im Ernst, seine Mutter habe die ganze Geschichte nicht gekannt? Was wollte er ihr also mitteilen? Wollte er sie etwa davon überzeugen, dass der Schritt seines Vaters, Frau und Kind zu verlassen, richtig und natürlich gewesen war? Warum also das ganze Geplapper? Er, Marwân, liebte seinen Vater heiss und unerschütterlich, aber das änderte nichts an der schrecklichen Tatsache, dass sein Vater geflohen war, geflohen wie sein Bruder Sakarîja. Dieser hatte geheiratet und ihm in einem kurzen Brief mitgeteilt, nun sei er, Marwân, an der Reihe. Er müsse endlich jene dümmliche Schule verlassen, in der er nichts lerne, und sich wie andere durchs Leben schlagen …

Sakarîja und er hatten sich nie verstanden, ja sie hatten einander gar gehasst. Sakarîja hatte nie begreifen können, weshalb er zehn Jahre lang die Familie ernähren musste, während Marwân wie andere Kinder die Schule besuchte.

Er, Marwân, wollte Arzt werden. Seiner Mutter gegenüber hatte er geäussert, Sakarîja werde wohl nie verstehen, warum ein Mensch zur Schule geht. Sakarîja hatte die Schule verlassen, als er Palästina verlassen hatte. Seitdem hatte er sich, wie er es nannte, »durchs Leben geschlagen«. Nun hatte er geheiratet und das niemandem mitgeteilt ausser Marwân. Als wollte er dadurch an dessen Gewissen appellieren. Doch welche Wahl hätte er schon gehabt? Er konnte ja nur die Schule verlassen, arbeiten gehen und sich für immer durchs Leben schlagen.

Nun, was soll's? In einigen Tagen wäre er in Kuwait. Wenn ihm Sakarîja dort irgendwie helfen könnte, würde ihm das einiges erleichtern. Sollte er aber nichts von ihm wissen wollen, so würde er ihm schon zeigen, dass er sich auch allein durchschlagen konnte, wie viele andere. Jeden Groschen, den er verdiente, würde er seiner Mutter senden. Er würde sie und seine Geschwister verwöhnen und ihre Lehmhütte zu einem Paradies machen. Sein Vater sollte seinen Schritt aufs bitterste bereuen.

Dennoch hasste er seinen Vater eigentlich nicht, und zwar aus dem einfachen Grund, weil dieser sie alle noch immer liebte. Das wurde ihm klar, als er ihn aufsuchte, um sich von ihm vor seiner Abreise zu verabschieden. Seiner Mutter hatte er nicht erzählt, dass er in Schafîkas Haus ging; sie wäre sicher wahnsinnig geworden.

»Du weisst, Marwân«, hatte sein Vater ihm gesagt, »dass ich nicht anders kann. Das hat unser Schöpfer so wollen.«

Und Schafîka meinte: »Wir haben deiner Mutter angeboten, herzukommen und hier zu wohnen, aber sie hat es abgelehnt. Was hätten wir noch mehr tun können?« Sie sass auf einem Ziegenfell; die Krücke lag neben ihr. Wo wohl ihr Oberschenkel aufhört? überlegte er. Ihr Gesicht war schön, doch ihre Züge hart wie bei allen, die an etwas Unheilbarem leiden. Ihre Mundwinkel waren nach unten gezogen; sie sah aus, als wollte sie jeden Augenblick losweinen.

»Nimm diese zehn Dinar«, sagte sein Vater, »vielleicht nützen sie dir. Und schreib uns immer.«

Als Marwân aufbrach, hob Schafîka die Arme und erflehte Gottes Segen für ihn. Ihre Stimme war schmerzerfüllt. Sie brach in Schluchzen aus, als sich Marwân an der Tür noch einmal umwandte.

»Marwân, mein tapfrer Junge«, sagte sein Vater zum Abschied. »Gott schütze dich.« Er versuchte zu lachen, doch es gelang ihm nicht. Er klopfte ihm mit seiner grossen, rauhen Hand auf den Rücken. Schafîka nahm ihre Krücke und erhob sich rasch. Sie hatte zu weinen aufgehört.

Marwân schloss die Tür hinter sich und ging. Noch immer hörte er das gleichförmige Klopfen von Schafîkas Krücke auf dem Steinboden. Erst an der Wegbiegung verlor es sich.

Die Abmachung

Marwân brachte seinen Gefährten Assaad zum Treffen mit Abul-Chaisurân mit. Sie kamen etwas zu spät. Abul-Chaisurân wartete schon auf sie. Er sass mit Abu Kais auf einer grossen Zementbank auf dem Gehweg der Schatt-al-Arab-Uferstrasse.

»Jetzt ist die ganze Gruppe beieinander, nicht wahr?« rief Abul-Chaisurân lachend und klopfte mit der einen Hand Marwân auf die Schulter, während er die andere Assaad hinstreckte. »Das also ist dein Freund. Wie heisst er?«

»Assaad«, antwortete Marwân kurz.

»Lasst mich euch mit meinem alten Freund Abu Kais bekannt machen. Damit sind wir also komplett. Es hätte nichts geschadet, wenn wir noch einer mehr wären, aber es reicht auch so.«

»Mir scheint, du bist Palästinenser«, sagte Assaad. »Willst du uns rüberbringen?«

»Jawohl, das will ich.«

»Und wie?«

»Das ist meine Sache.«

Assaad lachte spöttisch und erwiderte langsam, jedes Wort betonend: »Nein, mein Herr, das ist unsere Sache. Du musst uns über alle Einzelheiten Bescheid sagen. Wir wollen nämlich von Anfang an keine Scherereien.«

»Ich werde euch über die Einzelheiten Bescheid sagen, wenn wir uns geeinigt haben, nicht eher.« Abul-Chaisurâns Stimme klang bestimmt.

»Wir können uns aber erst einigen, wenn wir die Einzelheiten kennen. Was meint ihr dazu, Jungs?«

Niemand äusserte sich. Assaad fragte direkter: »Was meinst du dazu, Onkel Abu Kais?«

»Ich überlasse es euch.«

»Und du, Marwân?«

»Ich auch.«

»Also«, fuhr Assaad schroff fort, »wir wollen keine Zeit vergeuden. Abu Kais scheint in der Sache recht unerfahren zu sein, und auch für Marwân ist es der erste Versuch. Ich dagegen kenne dieses Geschäft schon lange. Was haltet ihr davon, wenn ich für euch spreche?«

Abu Kais hob zustimmend die Hand, und Marwân nickte. Assaad wandte sich an Abul-Chaisurân. »Wie du siehst, haben mir die Jungs die Sache in die Hand gegeben. Ich darf dich doch daran erinnern, dass wir aus demselben Land sind. Wir wollen unser Brot verdienen, und du willst dein Brot verdienen. So weit, so gut. Doch niemand darf übervorteilt werden. Du wirst uns alles, Schritt für Schritt, genauestens erklären und uns klar sagen, wieviel du willst. Selbstverständlich werden wir dir das Geld erst geben, wenn wir angekommen sind, nicht eher.«

»Assaad hat recht«, meinte Abu Kais. »Man muss uns reinen Wein einschenken. Wie heisst es nicht im Sprichwort: Sauberer Anfang, sauberes Ende.«

Abul-Chaisurân zog die Hände aus der Tasche und stemmte sie in die Hüfte. Er liess seinen Blick langsam und ungerührt über alle Gesichter wandern. Schliesslich heftete er ihn auf Assaad. »Zunächst: Jeder von euch zahlt zehn Dinar. Einverstanden?«

»Einverstanden«, antwortete Abu Kais.

»Bitte, Abu Kais«, sagte Assaad. »Du hast doch mir die Sache in die Hand gegeben. Lass also mich reden! Zehn Dinar, das ist viel Geld. Ein Schlepper nimmt fünfzehn, ausserdem ...«

»Wir streiten uns, bevor es überhaupt losgeht«, unterbrach Abul-Chaisurân. »Das hatte ich befürchtet. Zehn Dinar und keinen Groschen weniger. Auf Wiedersehen!«

Er drehte sich um und ging langsam weg. Abu Kais holte ihn ein, noch bevor er zwei Schritte weit gegangen war. »Warum bist du so gereizt?« rief er. »Frage und Antwort gehören zusammen, und schliesslich: Gut Ding will Weile haben.«

»Schön«, lenkte Assaad ein, »wir geben dir zehn Dinar. Wie aber willst du uns rüberbringen?«

»Also, jetzt wird's ernst. Hört gut zu.«

Abul-Chaisurân setzte sich auf die Zementbank. Die drei standen um ihn herum. Er begann sein Vorhaben zu erläutern; dabei gestikulierte er mit seinen grossen Händen. »Ich habe ein Auto, ausserdem die Genehmigung, die Grenze zu passieren. Nun passt auf! Es ist nicht mein eigenes Auto. Ich bin nämlich ärmer als ihr alle. Ich bin lediglich der Fahrer. Der Besitzer ist ein reicher und bekannter Mann und sehr geachtet; deshalb muss das Auto an der Grenze nicht lange warten und wird auch nicht durchsucht. Auch das Auto ist bekannt und wird respektiert, ebenso der Fahrer.«

Abul-Chaisurân war ein ausgezeichneter Fahrer. Vor 1948 hatte er fünf Jahre lang bei der britischen Armee in Palästina gedient. Als er die Armee verliess und sich palästinensischen Kampfgruppen anschloss, war er bereits als der beste Fahrer für schwere Lastwagen bekannt. Aus diesem Grund riefen ihn die Kämpfer von Tira zu sich. Er sollte dort ein altes Panzerfahrzeug steuern, das die Männer des Dorfes bei einem jüdischen Angriff erbeutet hatten. Obwohl Abul-Chaisurân keine Erfahrung im Lenken von Panzerfahrzeugen besass, enttäuschte er nicht die Hoffnungen all derer, die damals die Strasse säumten und ihn beobachteten, als er durch die Luke kroch und im Fahrzeug verschwand. Nach einigen Augenblicken heulte der Motor auf, und das Fahrzeug setzte sich auf der schmalen, sandigen Strasse in Bewegung. Aber bald gab es seinen Geist auf, und alle Versuche Abul-Chaisurâns, es wieder in Gang zu bringen, schlugen fehl. Die Männer waren sehr enttäuscht, er selbst am meisten. Jedenfalls aber hatte er eine weitere Erfahrung als Fahrer gesammelt, und wer konnte sagen, ob ihm diese Erfahrung nicht genützt hatte, als er bei Hadsch Rida in Kuwait als Fahrer eingestellt wurde.

Eines Tages steuerte er sogar einen mächtigen Tankwagen mehr als sechs Stunden lang auf einem schlammigen, salzverkrusteten Weg, ohne, wie alle anderen Fahrzeuge in der Kolonne, einzusinken oder steckenzubleiben. Rida war mit einigen Männern für ein paar Tage zum Jagen in die Wüste gefahren. Doch dem Frühling war noch nicht zu trauen. Auf der Rückfahrt schien der Weg hell und fest, weshalb die Fahrer alle Vorsicht ausser acht liessen. Ein Wagen nach dem anderen, ob gross oder klein, blieb im Schlamm stecken. Nur Abul-Chaisurân, mit dem letzten grossen Wagen der Kolonne, setzte geschickt seine Fahrt fort, ohne auch nur eine Sekunde anzuhalten. Als er Ridas grauen Wagen einholte, dessen Hinterräder zu drei Vierteln im Schlamm eingesunken waren, hielt er an, stieg aus und trat zu ihm. »Wollen Sie in meinen Wagen umsteigen?« fragte er ihn. »Bis die Fahrzeuge wieder flott sind, braucht es mehr als vier Stunden. Bis dahin können Sie längst zu Hause sein.«

»Genau«, erwiderte Rida. »Es ist besser, den Motorenlärm in deinem Auto zu ertragen, als hier vier Stunden festzusitzen.«

Sechs Stunden lang hatte Abul-Chaisurân seinen Wagen über diesen unsicheren Grund gesteuert, der durch die trockene Salzschicht an der Oberfläche hell und fest schien. Mit leichten, raschen Bewegungen hatte er das Lenkrad immer wieder schnell nach rechts und links bewegt, damit die Vorderräder den Hinterrädern eine weitere Spur öffneten.

Rida zeigte sich hoch erfreut über Abul-Chaisurâns Fertigkeit. Noch Monate später erzählte er allen seinen Freunden davon. Noch mehr freute er sich, als er erfuhr, dass Abul-Chaisurân viele andere Arbeitsangebote ausgeschlagen hatte, die er erhielt, nachdem sich seine Leistung herumgesprochen hatte. Er rief ihn zu sich, lobte ihn, erhöhte sein Gehalt ein wenig und – was das Wichtigste war – machte ihn zu seinem ständigen Begleiter auf Jagdtouren und anderen Fahrten.

Vor einer Woche nun war Rida mit einer ganzen Wagenkolonne auf die Jagd gefahren, um einigen Gästen etwas zu bieten. Abul-Chaisurân war beauftragt gewesen, den grossen Wasserwagen zu steuern, der die Kolonne begleiten und die Männer während der ganzen mehr als zweitägigen Fahrt versorgen sollte.

Die Kolonne war bis tief in die Wüste gefahren, und Rida hatte es vorgezogen, für die Rückfahrt eine andere Route zu wählen, nämlich über Subair, von wo aus er die Hauptstrasse nach Kuwait benutzen konnte.

Abul-Chaisurân wäre also, wie die übrige Kolonne, längst wieder in Kuwait, wenn nicht an seinem Wagen eine kleine Reparatur nötig gewesen wäre, die ihn zwang, zwei Tage in Basra zu bleiben. Dann sollte er nachkommen.

»Du willst uns also auf der Rückfahrt in den Tankbehälter des Wagens stecken?«

»Genau. Ich sage mir: Warum sollte ich nicht die Gelegenheit nutzen und mir ehrlich ein bisschen Geld dazuverdienen, wenn ich schon hier bin und der Wagen nicht kontrolliert wird?«

Marwân schaute Abu Kais an, dann Assaad; beide erwiderten fragend seinen Blick.

»Hör zu, Abul-Chaisurân. Dieses Spiel passt mir nicht. Wie stellst du dir das denn vor? Wer hält es bei solch einer Hitze in einem geschlossenen Tank aus?«

»Mach bloss keine Tragödie draus. Es geschieht nicht zum erstenmal. Weisst du, wie es vor sich geht? Fünfzig Meter vor dem Grenzkontrollpunkt Safwân müsst ihr in den Tank klettern. Am Kontrollpunkt brauche ich weniger als fünf Minuten, und fünfzig Meter dahinter steigt ihr wieder raus. In Mutlâ, am kuwaitischen Grenzpunkt, wiederholen wir das ganze Theater für nochmals fünf Minuten. So seid ihr im Handumdrehen in Kuwait.«

Assaad nickte. Einen Augenblick starrte er zu Boden und verzog den Mund. Marwân vertrieb sich die Zeit, indem er trockene Aststücke fortwarf. Abu Kais starrte unverwandt den hochgewachsenen Fahrer an.

»Ist eigentlich Wasser im Tank?« fragte Marwân plötzlich.

Abul-Chaisurân lachte schallend; Assaad lächelte.

»Natürlich nicht. Was stellst du dir vor? Bin ich denn Schwimmlehrer?«

Er lachte weiter; der Gedanke schien ihm zu gefallen. Er haute sich auf die Schenkel und drehte sich dabei im Kreis.

»Meinst du etwa, ich bin Schwimmlehrer? Nein, mein Kleiner, seit sechs Monaten hat der Tank kein Wasser gesehen.«

»Ich dachte«, fragte Assaad ruhig, »du hast vor einer Woche auf einer Jagdtour Wasser transportiert?«

»Na ja, du weisst schon, was ich meine.«

»Nein, weiss ich nicht.«

»Ich meine, seit sechs Tagen. Man übertreibt halt manchmal. Sind wir uns nun einig? Wir wollen doch hier nicht ewig rumstehen.«

Abu Kais stand auf und wollte etwas Wichtiges sagen. Bevor er zu sprechen begann, liess er seinen Blick über die anderen wandern. Bei Assaad verweilte er etwas länger, als suchte er Hilfe bei ihm. Dann trat er zu Abul-Chaisurân. »Hör zu!« sagte er. »Ich bin ein armer Teufel und begreife diese komplizierten Dinge nicht. Aber die Geschichte mit der Jagdtour gefällt mir nicht. Erst sagst du, dass du für Rida Wasser gefahren hast. Jetzt auf einmal sagst du, der Tank hätte schon seit sechs Monaten kein Wasser mehr gesehen. Ich will dir die Wahrheit sagen und hoffe, du nimmst es mir nicht übel: Ich bezweifle, dass du überhaupt ein Auto hast.«

Er wandte sich den anderen zu und fuhr traurig fort: »Ich ziehe es vor, für fünfzehn Dinar mit einem Schlepper zu Fuss durch die Wüste zu marschieren. Ich möchte nicht noch mehr Schwierigkeiten haben.«

Abul-Chaisurân lachte laut. »Geh doch und versuch's! Denkst du, ich kenne die Schlepper nicht? Sie werden euch auf halber Strecke verlassen und sich verkrümeln. Ihr werdet in der Augusthitze verschmachten, ohne dass euch jemand bemerkt. Geh, geh und versuch's! Vor dir haben es schon viele getan. Soll ich dich hinführen? Warum, glaubst du, kassieren sie im voraus?«

»Ich kenne aber viele, die mit Hilfe von Schleppern nach Kuwait gekommen sind.«

»Höchstens zehn Prozent! Geh und frag sie! Sie werden dir erzählen, wie sie sich einen Teil der Strecke ohne Schlepper und Führer durchschlagen mussten und dass sie grosses Glück hatten, heil davongekommen zu sein.«

Abu Kais erstarrte; einen Augenblick lang sah er aus, als würde er zusammenbrechen. Marwân bemerkte, dass Abu Kais stark seinem Vater ähnelte. Er wandte sich von ihm ab, da er sich nicht länger konzentrieren konnte.

Unterdessen rief Abul-Chaisurân: »Ihr müsst euch schnell entschliessen. Ich habe keine Zeit mehr zu verlieren. Ich schwöre euch bei meiner Ehre ...«

»Lass die Ehre beiseite!« unterbrach ihn Assaad. »Alles geht besser, wenn man sie nicht beschwört.«

Abul-Chaisurân wandte sich ihm zu. »Nun, Meister Assaad, du bist doch intelligent und erfahren. Wie denkst du darüber?«

»Worüber?«

»Über die ganze Geschichte.«

Assaad lächelte. Er bemerkte, dass Abu Kais und Marwân seine Entscheidung erwarteten. Langsam und spöttisch sagte er: »Erspare es uns zunächst, die Geschichte von der Jagdtour glauben zu müssen. Mir scheint, dass ihr, Hadsch Rida und du, als Schmuggler arbeitet. Verzeihung, lass mich fertigreden. Rida glaubt, die Schlepperei von Menschen auf der Rückfahrt lohne sich nicht. Deshalb überlässt er sie dir. Du wiederum überlässt ihm den Schmuggel von Wichtigerem ... gegen einen Anteil. Oder weiss Rida etwa nichts davon, dass du auf der Rückfahrt Menschen rüberschmuggelst?«

Abul-Chaisurân grinste. Wieder erschienen seine sauberen weissen Zähne. Er schien Assaad nichts erwidern zu wollen.

»Und was ist mit der Geschichte von der Jagdtour?« warf Marwân unvermittelt ein.

»Ach! Sie ist für die Grenzer gedacht, nicht für uns. Trotzdem fand Abul-Chaisurân nichts dabei, sie uns aufzutischen.«

Abul-Chaisurân grinste noch breiter. Ohne ein Wort zu sagen, mass er jeden der Männer; einen Augenblick lang sah er einfältig aus.

»Aber womit soll Rida denn Schmuggel treiben?« fragte Abu Kais. »Du hast doch gesagt, er ist reich.«

Alle blickten auf Abul-Chaisurân. Dieser grinste nicht

mehr, sondern hatte wieder seine gleichgültige, überlegene Miene aufgesetzt. »Schluss mit dem Geschwätz«, sagte er resolut. »Meister Assaad, glaub ja nicht, dass du ganz so schlau bist … Wofür habt ihr euch entschieden?«

»Mir persönlich geht's nur darum«, erwiderte Assaad, »gesund nach Kuwait zu kommen. Alles andere interessiert mich nicht. Daher werde ich mit Abul-Chaisurân fahren.«

»Ich komme mit!« rief Marwân eifrig.

»Meint ihr«, fragte Abu Kais, »ich kann euch begleiten? Ich bin ein alter Mann.«

Abul-Chaisurân lachte und hakte sich bei ihm ein. »Wer hat dir bloss eingeredet, Abu Kais, dass du alt bist? Vielleicht gar deine Frau? Du musst mit uns mitkommen!«

Die beiden entfernten sich einige Schritte und liessen Marwân und Assaad neben der Zementbank stehen. Dann rief Abul-Chaisurân über die Schulter zurück: »Abu Kais wird bei mir im Auto schlafen. Morgen früh hupe ich euch vor dem Hotel.«

Unterwegs

Die Fahrt in dem riesigen Lastwagen war nicht allzu beschwerlich. Zwar brannte die Sonne gnadenlos, doch der Fahrtwind linderte die Hitze. Abu Kais und Marwân hatten sich dicht nebeneinander auf den Tankrand gesetzt. Es war ausgelost worden, dass Assaad den ersten Teil der Strecke neben dem Fahrer sitzen durfte. »Der Alte kommt als letzter an die Reihe, hier im Schatten zu sitzen«, murmelte Assaad vor sich hin. »Das ist gut so. Jetzt ist die Sonne noch auszuhalten. Gegen Mittag wird es der alte Mann dann erträglicher haben.«

»Stell dir mal vor«, rief Abul-Chaisurân plötzlich laut, um den Motorenlärm zu übertönen, »ich vergleiche diese hundertfünfzig Kilometer mit dem fadenschmalen Pfad, den Gott den Menschen bestimmt hat und über den sie schreiten, um entweder ins Paradies oder in die Hölle zu gelangen. Wer von diesem Weg abstürzt, kommt in die Hölle, wer ihn hinter sich bringt, gelangt ins Paradies. Und als Engel dienen hier die Grenzbeamten.«

Er lachte laut, als hätte ein anderer diese Geschichte erzählt. Dann haute er mit beiden Händen aufs Lenkrad und schüttelte den Kopf: »Weisst du was, ich hab ein bisschen Angst, dass die Ware dort verdirbt ...«

Er deutete mit einer Kopfbewegung auf den Alten, der mit Marwân auf dem Tank sass, und lachte nochmals dröhnend.

»Abul-Chaisurân«, fragte Assaad ruhig, »warst du eigentlich je verheiratet?«

»Ich?« Auf dem schmalen Gesicht des Fahrers lag plötzlich ein Schmerz, als hätte er nicht einen Augenblick zuvor noch gelacht. »Warum fragst du?«

»Nur so. Dein Leben muss herrlich sein, denke ich mir. Keiner zerrt dich hin und her. Du kannst gehen, wohin du willst, frei und unbeschwert dahinfliegen wie ein Vogel …«

Abul-Chaisurân schüttelte den Kopf und zog die Lider zusammen, um sich vor dem Sonnenlicht zu schützen, das sich plötzlich über die Windschutzscheibe ergoss. Das Licht war so grell, dass er zunächst überhaupt nichts erkennen konnte. Er fühlte einen mörderischen Schmerz zwischen den Beinen. Dann konnte er mit Mühe feststellen, dass seine Beine an Haltern festgebunden waren, die sie nach oben hielten. Ein paar Männer liefen um ihn herum. Für einen Moment schloss er die Augen und öffnete sie dann wieder, so weit er konnte. Das kreisförmige Licht über seinem Kopf liess ihn die Decke nicht sehen und blendete ihn.

Nur an eines konnte er sich erinnern, während er so merkwürdig festgeschnürt dalag, an etwas, was kurz zuvor geschehen war: Er lief zusammen mit einer Gruppe bewaffneter Männer, als plötzlich vor ihm die Hölle losging. Er fiel vornüber … mehr nicht … und jetzt … der mörderische Schmerz, der ihm noch immer zwischen den Beinen wühlte, und das gleissende Licht, das ihm vor den Augen tanzte. Er versuchte Gegenstände und Personen zu unterscheiden, indem er die Lider zusammenkniff. Plötzlich kam ihm ein schrecklicher Gedanke, und er begann wie wahnsinnig zu schreien. Was er schrie, wusste er nicht mehr, doch er spürte, dass sich ihm eine Hand in einem klebrigen Gummihandschuh fest auf den Mund legte, und von weit her vernahm er eine Stimme wie durch eine Watteschicht: »Sei vernünftig, nimm dich zusammen! Es ist schliesslich besser als der Tod!«

Er wusste nicht, ob sie verstehen konnten, was er zwischen den Zähnen hindurchschrie, mit der klebrigen Hand auf dem Mund. Oder war ihm die Stimme schon in der Kehle erstorben? Jedenfalls hörte er noch immer diese andere Stimme, als brüllte ihm jemand ins Ohr: »Nein, tot sein ist besser!«

Zehn Jahre waren seit jenem grauenvollen Augenblick vergangen, zehn Jahre waren vergangen seit dem Tag, an dem man ihm das Zeichen seiner Männlichkeit genommen hatte. Er hatte mit dieser Erniedrigung Tag für Tag, Stunde für Stunde gelebt, aber er hatte sie mit seinem Stolz hinuntergeschluckt. Während dieser zehn Jahre hatte er jeden Augenblick seinen Stolz verloren, und doch konnte er sich nicht daran gewöhnen, konnte sich nie damit abfinden. Zehn Jahre hatte er sich damit abzufinden versucht. Womit? Schlicht und einfach einzugestehen, dass er seine Männlichkeit im Dienst fürs Vaterland verloren hatte. Und was hatte es genützt? Seine Männlichkeit war verloren, und auch das Vaterland war verloren! Fluch über alles in dieser verdammten Welt! Nein, auch nach zehn Jahren wollte er sein Schicksal nicht vergessen und sich nicht damit abfinden. Er hatte sich auch nicht damit abgefunden, als er unter dem Skalpell lag und man ihn davon zu überzeugen suchte, dass der Verlust der

Männlichkeit besser sei als der Verlust des Lebens. Herr über alle Teufel, sie wissen das doch nie und nimmer! Nichts wissen sie! Und doch sind sie so verstiegen, den Menschen alles beibringen zu wollen. Hatte er sich damit abgefunden, oder war er dazu einfach nicht imstande? Vom ersten Augenblick an war er entschlossen, sich nicht damit abzufinden. Ja, so war es!

Er war sogar unfähig, sich die Sache mit all ihren Folgen auszumalen. So war er blindlings aus dem Krankenhaus weggelaufen, noch bevor er völlig ausgeheilt war. Als könnte sein Weglaufen alles wieder ins Lot bringen! Er hatte lange gebraucht, sich ans blosse Leben zu gewöhnen. Hatte er sich wirklich daran gewöhnt? Nein, noch nicht. Jedesmal, wenn er beiläufig gefragt wurde, warum er nicht heirate, spürte er wieder den grauenvollen Schmerz zwischen seinen Schenkeln, als läge er noch immer mit hochgebundenen Beinen unter dem grellen, runden Licht ...

Das Licht war gleissend hell. Seine Augen begannen zu tränen ...

Assaad streckte die Hand aus und drehte den Sonnenschutz herab; sein Schatten fiel auf Abul-Chaisurâns Gesicht.

»Ja, so ist's besser ... Danke ... Weisst du was? Abu Kais hat wirklich Glück gehabt.«

Assaad spürte, dass Abul-Chaisurân vom Thema, das er mit seiner Frage angeschnitten hatte, ablenken wollte, und er ging bereitwillig darauf ein. »Warum?«

»Wenn er mit den Schleppern gegangen wäre, hätte ihn nur ein echtes Wunder nach Kuwait gebracht.«

Abul-Chaisurân verschränkte die Arme über dem Lenkrad und lehnte sich mit dem Oberkörper dagegen. »Du weisst nicht, wie die Dinge hier laufen. Ihr alle wisst es nicht. Da musst du mich fragen. Ich kann dir unzählige solcher Geschichten erzählen.«

»Aber der Fettwanst scheint doch ein gutmütiger Kerl zu sein. Er war mir nicht unsympathisch.«

Abul-Chaisurân neigte den Kopf vor und wischte sich die schweissnasse Stirn am Ärmel, ohne den Arm vom Steuer zu heben. »Der Fettwanst selbst geht doch gar nicht mit dir über die Grenze. Er weiss überhaupt nicht, was sich abspielt.«

»Was spielt sich denn ab?«

»Ich habe einen Neffen; er heisst Hassanain. Einmal wollte er über die Grenze. Nach mehr als zehn Stunden Fussmarsch wurde es dunkel. Da deutete der Schlepper auf einige Lichter in der Ferne und sagte: ›Das dort ist Kuwait. In einer halben Stunde seid ihr da.‹ Und weisst du, was passiert ist? Es war gar nicht Kuwait, sondern irgendein abgelegenes irakisches Dorf. Ich könnte dir Tausende von solchen Geschichten erzählen, Geschichten von Männern, die wie Hunde nach Wasser suchten, um damit ihre rissige Zunge zu befeuchten. Und was, glaubst du, ist passiert, nachdem sie sich zu einem Beduinenlager durchgeschlagen hatten? Mit allem, was sie besassen, Geld, Eheringe, Uhren, mussten sie sich einen Schluck Wasser kaufen. Wenn man behauptet, Hâtim* sei ein Beduine gewesen, so halte ich das für eine blanke Lüge. Das

* Ein für seine Gastfreundschaft bekannter arabischer Dichter und Ritter aus vorislamischer Zeit (2. Hälfte des 6. Jahrhunderts).

war einmal, irgendwann einmal! Aber das begreift ihr nicht und glaubt, der Fettwanst könnte alles. Ich kenne einen, der hat vier Tage allein in der Wüste verbracht. Als ihn endlich ein Auto an der Strasse nach Dschahra aufnahm, lag er in den letzten Zügen. Und weisst du, was er tat? Er wollte nur noch eines in seinem Leben: Er wollte, wieder bei Kräften, nach Basra zurück. Er wäre, wenn nötig, auch durch die Wüste zurück. Und weisst du, warum? Er wollte, wie er mir sagte, zurück, um jenen Fettwanst eigenhändig zu erwürgen, egal was geschähe. Er hatte die Reise mit zwei Jugendfreunden unternommen, war von Gasa über Israel, Jordanien bis in den Irak gekommen, und zu guter Letzt liess sie der Schlepper noch vor der kuwaitischen Grenze mitten in der Wüste im Stich. Seine beiden Freunde hatte er in jenen verlassenen Gefilden begraben und ihre Papiere an sich genommen, in der Hoffnung, sie den Angehörigen zu schicken, falls er nach Kuwait gelangen sollte. Er hat jeden guten Rat in den Wind geschlagen und immer nur wiederholt, er wolle weder vergessen noch verzeihen. Kaum einen Monat später ging er in den Irak zurück. Aber man nahm ihn fest, und jetzt sitzt er schon das zweite Jahr in einem elenden Gefängnis. Was glaubst du denn? Ihr kommt zu uns wie Kinder aus der Schule und meint, das Leben sei so einfach. Was glaubst du? Wollte nicht auch Abu Kais sein Leben aufs Spiel setzen? Er hätte verloren. Dessen bin ich so sicher, wie es diese gottverdammte Sonne da gibt. Morgen, wenn du in Kuwait bist, wirst du dich dankbar an mich erinnern und sagen: ›Abul-Chaisurân hat die Wahrheit gesagt.‹ Du wirst deinem Herrn tausendmal dafür danken, dass ich dich aus den Klauen des Fettwanstes gerettet habe. Hast du je ein Menschengerippe im Sand gesehen?«

»Wie bitte?«

»Ob du je in deinem Leben ein Menschenskelett im Sand hast liegen sehen.«

»Nein.«

Abul-Chaisurân riss das Steuer herum, um einer breiten Mulde auszuweichen. Plötzlich begann der Wagen zu rütteln und zu schütteln; der Weg glich einer flachgelegten Treppe. Assaad biss die Zähne zusammen; trotzdem spürte er seinen Magen nach oben drängen.

»Du hättest viele davon gesehen, wenn du mit dem Schlepper losgezogen wärst. Aber das wäre dann nicht mehr so wichtig.«

»Wieso?«

»Weil du an andere Dinge denken würdest oder, wie Hassanain sagte, weil du nicht daran denken wolltest.«

Assaad lächelte einfältig; er wusste nicht recht, was er tun sollte. Dann stiess er Abul-Chaisurân in die Seite und fragte: »Warum betätigst du dich als Schlepper?«

»Ich betätige mich doch nicht als Schlepper.«

»Wie nennst du es dann?«

»Soll ich dir die Wahrheit sagen? Ich brauche mehr Geld, mehr Geld. Und ich habe herausgefunden, dass man auf saubere Art und Weise nur schwer zu Reichtum kommt. Schau mich elendes Geschöpf an! Etwas Geld besitze ich schon. In zwei Jahren gebe ich alles auf und richte mich irgendwo ein. Ich möchte meine Ruhe haben. Ich möchte mich in den Schatten legen und nachdenken – oder auch nicht. Ich möchte mich nie mehr rühren. Ich hab mich abgerackert im Leben, mehr als genug. Bei Gott, mehr als genug.«

Abul-Chaisurân stellte den Motor ab, stiess die Tür auf und sprang hinunter. »Jetzt wird's ernst«, rief er. »Los, ich mach euch den Tankdeckel auf.«

Behend kletterte er die kleine Eisenleiter hinauf und machte sich am Tankdeckel zu schaffen.

Kräftige Arme hat er, dachte Marwân träge ... An allen lief der Schweiss herab. Abul-Chaisurâns Hemd war völlig durchnässt, sein Gesicht schien schlammbeschmiert. Quietschend öffnete sich der Deckel. Abul-Chaisurân stellte ihn hoch, so dass er senkrecht auf seinem Scharnier stand. Innen schien er rostig rot. Abul-Chaisurân setzte sich rittlings neben die Tanköffnung, liess die Füsse herabbaumeln und wischte sich mit dem roten Tuch, das er unter dem Kragen seines blauen Hemdes um den Hals gewickelt trug, den Schweiss ab. Er atmete schwer. »Ich rate euch, zieht eure Hemden aus. Es herrscht eine schrecklich stickige Hitze da drin, und ihr werdet schwitzen wie in einer Bratpfanne – aber nur fünf bis sieben Minuten. Ich werde fahren, so schnell ich kann. Drinnen gibt es Eisenhalterungen, in jeder Ecke eine. Es ist empfehlenswert, wenn ihr euch daran festhaltet, sonst rollt ihr wie Bälle hin und her. Natürlich müsst ihr auch die Schuhe ausziehen.«

Die drei standen da, ohne sich zu rühren. Abul-Chaisurân erhob sich und sprang hinunter. Er versuchte, lustig zu sein. »Wenn es ein wenig milder wäre, könnte man da drinnen direkt schlafen.«

Abu Kais schaute auf Marwân; beide blickten zu Assaad hinüber, der sich durch die Blicke gedrängt sah, zwei Schritte vorzutreten; doch dann blieb er wieder stehen.

Abul-Chaisurân beobachtete ihn. »Ich rate euch, beeilt euch. Noch ist es früh am Tag, aber bald wird der Tank zum wahren Backofen. Ihr könnt eine Feldflasche mit hineinnehmen. Benutzt sie aber nicht, wenn ihr merkt, dass der Wagen anhält.«

Marwân ermannte sich. Er trat rasch an die Eisenleiter. Doch Assaad kam ihm zuvor und kletterte über das Wagenrad hinauf. Er neigte sich über die Tanköffnung und steckte für einen kurzen Augenblick den Kopf hinein. »Das ist ja die Hölle«, rief er. »Es ist glühend heiss.«

»Ich hab's euch ja gesagt«, meinte Abul-Chaisurân und unterstrich seine Worte mit einer Handbewegung.

Auch Marwân war jetzt oben und steckte den Kopf in die Tanköffnung. Als er ihn wieder herauszog, standen Abscheu und Entsetzen auf seinem Gesicht. Abu Kais kletterte keuchend zu den anderen beiden hinauf.

»Wisst ihr, was ihr zu tun habt, wenn ihr niesen müsst?« fragte Abul-Chaisurân von unten.

Assaad lächelte matt, Marwân schaute hinunter, Abu Kais schien die Frage nicht verstanden zu haben.

»Ihr müsst einen ausgestreckten Finger von unten gegen die Nase drücken … So.« Abul-Chaisurân machte es vor; sein Gesicht wirkte dabei sehr komisch.

Assaad trat zum Tankrand und rief: »Ich glaube nicht, dass in diesem Backofen jemand niesen muss. Da brauchst du dir keine Sorgen zu machen.«

Er stemmte die Hände in die Hüften und stand vornübergeneigt neben der Öffnung, als wollte er sehen, was im Tank war. Währenddessen zog Abu Kais sein Hemd aus, rollte es sorgfältig zusammen und klemmte es unter den Arm. Seine Brust war mit dichtem grauem Haar bedeckt, seine Schulterknochen standen vor. Er setzte sich auf den Rand und liess die Beine nach innen baumeln. Dann warf er das Hemd hinein und glitt danach selbst hinab, wobei er sich mit den Händen auf den Rand stützte. Sobald seine Füsse den Tankboden berührten, liess er los und glitt vorsichtig hinab. Erst verschwand sein Kopf, dann seine Arme.

Assaad beugte sich zu ihm hinunter und rief: »Nun, wie siehst du die Lage?«

Eine hohle Stimme erschallte aus dem Tankinnern wie aus tiefster Tiefe: »Ein fluchbeladener Brunnen. Los, komm!«

Assaad warf Marwân einen Blick zu. Dieser hatte sein Hemd ausgezogen und stand abwartend da.

Abul-Chaisurân stieg nochmals die Leiter hinauf. »Wer ist an der Reihe?« fragte er.

»Ich«, antwortete Marwân.

Er trat zur Öffnung und drehte sich um. Bäuchlings auf dem Rand liegend, streckte er die Beine in den Tank und liess dann geschickt den ganzen Körper hinuntergleiten. Einen Augenblick klammerten sich die Hände noch am Rand der Öffnung fest, dann verschwanden auch sie.

Assaad folgte den beiden anderen, ohne sein Hemd auszuziehen. Als der Tank auch ihn aufgenommen hatte, beugte sich Abul-Chaisurân über die Öffnung, um einen

Blick hineinzuwerfen; doch er konnte nichts erkennen. Denn immer wenn er sich hinabbeugte, verdunkelte sein Körper das Tankinnere völlig, und nichts war zu sehen.

»Also?« rief er schliesslich.

»Worauf wartest du?« schallte es hohl zurück. »Beeil dich! Wir ersticken gleich.«

Abul-Chaisurân schloss schnell den Deckel; dann drehte er die Flügelschraube zweimal herum. Er sprang vom Tank hinunter und lief zum Fahrersitz. Noch bevor die Tür zu war, fuhr der Wagen los.

Ein einziger Gedanke nur beherrschte in diesen Minuten Abul-Chaisurân. Die Strasse voller Schlaglöcher, die einer flachgelegten Treppe glich, rüttelte und schüttelte den Wagen erbarmungslos und unaufhörlich. Dieses Rütteln hätte Eier zu einem Omelett machen können – schneller noch als ein Elektroquirl. Marwân wird das nichts ausmachen; der ist jung. Assaad auch nicht; der ist kräftig. Aber Abu Kais? ... Sicherlich klappert er jetzt mit den Zähnen wie ein Erfrierender – nur mit dem Unterschied, dass es keinen Frost gibt.

Abul-Chaisurân hätte das Rütteln dämpfen können; er hätte nur die Geschwindigkeit zu erhöhen, hätte nur mit diesem Höllengefährt hundertzwanzig zu fahren brauchen statt der neunzig, die der Tachometer jetzt anzeigte. Doch dann, wer garantierte ihm, dass der Wagen sich auf dieser verfluchten Strasse nicht überschlug? Um den Wagen wär's nicht schade; er gehörte ja auch nicht ihm. Doch wenn er auf dem Dach liegenbliebe? Und wer sagte ihm denn, dass der Motor bei dieser Temperatur und diesem Untergrund eine solche Geschwindigkeit aushielt?

Auf Tachometern sind immer hohe Geschwindigkeiten angegeben, aber ein guter Fahrer würde unklug handeln, wenn er sie zu erreichen versuchte.

Mit unverminderter Geschwindigkeit fuhr er in Safwân ein. Auch als er auf dem grossen Platz nach links abbog, wo die Kontrollstation stand, hob er den Fuss auf dem Gaspedal nicht um Haaresbreite, sondern fuhr, Staub aufwirbelnd, einen weiten Bogen. Erst unmittelbar vor dem Wachgebäude nahm er den Fuss vom Gas, bremste heftig und rannte pfeilschnell ins Haus.

Der Platz um die Zollstation von Safwân war weit. In der Mitte erhob sich ein grosser, einzelnstehender Baum, der mit seinen herabhängenden länglichen Blättern einen weiten Schatten warf. Aussen herum standen Häuschen mit niedrigen Holztüren. Darinnen sassen in vollgestopften Büros geschäftige Beamte. Als Abul-Chaisurân in seiner ganzen Länge über den Platz stürmte, bemerkte er nur einige in lange Tücher gehüllte Frauen, die im Schatten des Baumes sassen. Ein, zwei Jungen standen am Wasserhahn. Der Wächter schlief auf einem alten Korbsessel.

»Abul-Chaisurân hat es aber heute eilig!«

»Ja, Rida wartet. Wenn ich mich verspäte, entlässt er mich.«

»Das wird er nie und nimmer tun, keine Angst! So einen Kerl wie dich findet er nie wieder!«

»Von wegen! Männer in meinem Alter gibt's wie Sand am Meer. Ein Fingerzeig von ihm, und sie fallen wie die Fliegen über ihn her.«

»Was hast du dabei?«

»Waffen, Panzerfahrzeuge ... sechs Flugzeuge und zwei Geschütze.«

Der Mann lachte schallend. Abul-Chaisurân nahm ihm flink die Papiere aus der Hand und rannte zum Ausgang. Während er den nächsten Raum betrat, dachte er bei sich: Das Schwierigste wäre geschafft. Eine Minute später verliess er auch den anderen Raum.

In Windeseile liess er den Motor an, dessen Lärm die Stille zerriss, die über Safwân lag. Weiter ging es.

Der Wagen sauste pfeilschnell dahin und zog eine lange Staubwolke hinter sich her. Über Abul-Chaisurâns Gesicht lief der Schweiss in Strömen und sammelte sich am Kinn. Die Sonne brannte erbarmungslos. Die Luft, in der mehlfeiner Staub lag, glühte förmlich. »So ein verfluchtes Wetter habe ich noch nie erlebt.« Er knöpfte sich das Hemd auf. Seine Finger glitten über das dichte durchnässte Haar auf seiner Brust.

Die Strasse war jetzt glatter, und der Wagen rüttelte nicht mehr so stark. Abul-Chaisurân fuhr noch schneller. Die Tachometernadel schnellte hoch wie ein festgebundener weisser Hund. Mit schweissgebadeten Augen blickte er nach vorn. Ein kleiner Hügel war vor ihm aufgetaucht. Dahinter konnte man ihn von Safwân aus nicht mehr sehen; dort musste er anhalten.

Er gab noch mehr Gas, um die Anhöhe mit unverminderter Geschwindigkeit zu schaffen, spürte, wie seine Wadenmuskeln sich verkrampften, ja zum Zerreissen dehnten. Die Erde flog dahin, der Motor dröhnte, die Fensterscheibe glühte, der Schweiss brannte ihm in den Augen. Noch immer erschien der höchste Punkt des Hügels Ewigkeiten entfernt. Erhabener, allmächtiger Gott! Wie konnte ihm die Hügelspitze nur so viel bedeuten, konnte all die Gefühle auf sich lenken, die ihn durchwogten und durchglühten und über seine schmutzverkrustete Haut als salziger Schweiss herabliefen?! Mein erhabener Gott, der Du noch nie bei mir warst, der Du nie auf mich herabgeschaut hast, an den ich niemals glaubte – kannst Du mir diesmal beistehen? Nur dieses eine Mal!

Er drückte mehrmals kurz die Augen zu, um den Schweiss von den Lidern zu entfernen. Als er sie wieder offenhielt, war er unmittelbar vor dem höchsten Punkt des Hügels. Oben stellte er den Motor ab, liess den Wagen ein Stück abwärts rollen und hielt an. Dann sprang er von der Tür des Fahrerhauses direkt auf den Tankbehälter.

Marwân kam als erster heraus. Er streckte die Arme nach oben. Abul-Chaisurân zog ihn mit einem kräftigen Ruck heraus und liess ihn ausgestreckt oben auf dem Tank liegen.

Dann schaute Abu Kais heraus. Er versuchte, aus dem Tank zu klettern, schaffte es aber nicht. Er hielt Abul-Chaisurân seine Arme entgegen und liess sich von ihm helfen.

Nur Assaad kletterte allein heraus. Er hatte sein Hemd ausgezogen.

Abul-Chaisurân setzte sich auf den heissen Tank; er atmete schwer und sah gealtert aus.

Abu Kais liess sich langsam über die Räder hinunter und legte sich, das Gesicht zur Erde gekehrt, in den Sand.

Assaad sog eine Weile die Luft tief ein. Er schien etwas

sagen zu wollen, brachte aber keinen Laut über die Lippen. Schliesslich stiess er schweratmend hervor: »Ah ... ausgesprochen kühl hier draussen.«

Sein Gesicht war rot und schweissnass, seine Hose durchgeschwitzt. Die Rostspuren auf seiner Brust glichen Blutspritzern.

Marwân erhob sich und stieg schwerfällig die Eisenleiter hinab. Seine Augen waren gerötet, auch seine Brust war rostgefärbt. Unten angekommen, legte er den Kopf auf Abu Kais' Bein und streckte sich langsam neben dem Rad aus. Assaad und Abul-Chaisurân folgten kurz darauf. Sie setzten sich und legten den Kopf auf die angezogenen Knie.

»War's schlimm?« fragte Abul-Chaisurân nach einer Weile.

Keiner antwortete.

Er liess den Blick über ihre Gesichter gleiten, die ihm jetzt bleich erschienen – Mumiengesichter. Hätte sich Marwâns Brust nicht gehoben und gesenkt, hätte Abu Kais nicht hörbar geatmet, er hätte sie für tot halten können.

»Sieben Minuten, hatte ich gesagt, und nicht mehr als sechs waren es!«

Assaad blickte Abul-Chaisurân kalt an, Marwân starrte aus geöffneten Augen ins Leere, Abu Kais wandte sich ab.

»Ich schwöre, bei meiner Ehre, sechs Minuten. Schau auf die Uhr, Assaad – genau sechs Minuten! Schau doch! Warum willst du nicht? Ich hab's euch doch gesagt, von Anfang an. Und jetzt glaubt ihr, ich hätte euch was vorgemacht. Hier ist die Uhr. Schau doch her!«

Marwân hob den Kopf, stützte sich auf die Ellbogen und blickte zu Abul-Chaisurân hinüber. Er hielt den Kopf leicht zurückgeneigt, und es schien, als könnte er ihn nicht klar erkennen.

»Hast du je versucht, da drin sechs Minuten zu verbringen?«

»Ich hab euch doch gesagt ...«

»Ausserdem waren es mehr als sechs Minuten.«

»Warum schaust du nicht auf deine Uhr? Du hast sie doch am Arm. Los, schau drauf, und hör auf, mich wie ein Verrückter anzugaffen!«

»Es waren sechs Minuten«, bemerkte Abu Kais. »Ich hab die ganze Zeit gezählt, immer von eins bis sechzig für eine Minute; und das sechsmal. Beim letztenmal sehr langsam.«

Er sprach gepresst und schleppend.

»Was ist los mit dir, Abu Kais?« fragte Assaad. »Ist dir schlecht?«

»Mir? Nein, nein. Ich hole mir nur meinen Anteil Luft.«

Abul-Chaisurân stand auf, klopfte sich Sand von der Hose und stemmte die Hände in die Hüften. Sein Blick wanderte von einem zum andern. »Los, wir dürfen keine Zeit verlieren. Ihr habt noch ein zweites türkisches Bad vor euch, und zwar bald.«

Auch Abu Kais stand auf und ging zum Fahrerhaus. Assaad erklomm die Eisenleiter, während Marwân im Schatten sitzen blieb.

»Willst du nicht?« fragte ihn Abul-Chaisurân.

»Warum ruhen wir uns nicht noch ein bisschen aus?«

»Nach unserer Ankunft werden wir uns lange genug ausruhen können«, rief Assaad von oben herab. »Nicht jetzt schon. Los!«

Abul-Chaisurân lachte laut. Er klopfte Marwân auf die Schulter. »Komm, setz dich neben Abu Kais! Du bist schlank und wirst uns nicht stören. Du machst einen sehr erschöpften Eindruck.«

Marwân stieg ins Fahrerhaus und nahm neben Abu Kais Platz, während Abul-Chaisurân, bevor er die Tür zuzog, noch rief: »Assaad, zieh dir das Hemd an, sonst versengt dich die Sonne!«

»Sag ihm«, bat Marwân mit schwacher Stimme Abul-Chaisurân, »er soll den Backofen offenlassen; vielleicht kühlt es drinnen ein bisschen ab.«

»Assaad, lass den Tankdeckel auf!« rief Abul-Chaisurân heiter.

Der Motor heulte auf. Der mächtige Wagen zog eine Staubfahne hinter sich her, die sich allmählich hob und sich in der Gluthitze auflöste.

So bahnte sich die kleine, erschöpfte Welt ihren Weg durch die Wüste – gleich einem schweren Öltropfen auf einer glühendheissen Zinnplatte. Die Sonne stand hoch über ihnen, eine gleissende, runde Scheibe. Keiner dachte mehr daran, sich den Schweiss abzuwischen. Assaad bedeckte den Kopf mit seinem Hemd, zog die Beine an und liess sich widerstandslos schmoren. Marwân lehnte den Kopf gegen die Schulter von Abu Kais und schloss die Augen. Abu Kais starrte auf den Weg; die Lippen unter seinem dichten grauen Schnurrbart waren fest zusammengepresst.

Keiner der vier Männer verspürte Lust, etwas zu sagen – nicht nur weil sie erschöpft waren, sondern weil jeder seinen eigenen Gedanken nachhing. Der mächtige Wagen bahnte sich seinen Weg, und mit ihm fuhren ihre Familien, ihre Träume, ihre Wünsche, ihre Hoffnungen, ihr Leid und ihre Verzweiflung, ihre Gegenwart und ihre Zukunft. Es war, als wollte das Fahrzeug ein mächtiges Tor zu einem neuen, unbekannten Schicksal aufbrechen. Und alle Blicke waren auf dieses Tor geheftet, wie von unsichtbaren Fäden angezogen …

Wir werden Kais zur Schule schicken und uns ein paar Olivenbaumsetzlinge kaufen können. Vielleicht bauen wir uns auch ein eigenes Häuschen. Ich bin ein alter Mann … vielleicht komme ich hin, vielleicht auch nicht. Glaubst du denn, dein Leben hier sei viel besser als der Tod? Warum probierst du es nicht wie wir? Warum erhebst du dich nicht von diesem Kissen, um in Gottes Land dein Brot zu verdienen? Willst du dich dein Leben lang von Mehlrationen ernähren und dich für ein einziges Kilo vor Amtsstuben erniedrigen?

Immer weiter fährt der Wagen über die glühende Strasse. Erbarmungslos dröhnt der Motor.

Schafîka kann nichts dafür ... Sie war ein junges Mädchen, als ihr eine Granate das Bein zerfetzte. Die Ärzte haben es ihr am Oberschenkel amputiert ... Seine Mutter hatte es nicht gern, wenn jemand über seinen Vater sprach. Sakarîja ist fortgegangen ... Dort in Kuwait wirst du alles lernen und alles erfahren. Du bist ja noch ein kleiner Junge, der vom Leben soviel versteht wie ein Säugling. In der Schule lernst du doch nichts, höchstens Trägheit. Verlass sie, und schlag dich durchs Leben wie andere auch.

Weiter fährt der Wagen über die glühende Strasse. Höllisch dröhnt der Motor.

Vielleicht war es eine Mine, auf die er beim Laufen getreten war; vielleicht aber auch eine Granate, die jemand aus dem nahen Graben geworfen hatte ... Jetzt war das gleichgültig. Seine Beine waren hochgeschnallt, und er lag auf einem bequemen, weichen Bett. Dieser grauenvolle Schmerz zwischen den Beinen! Auch eine Frau war im Operationssaal, die den Ärzten zur Hand ging. Jedesmal, wenn er sich daran erinnerte, schämte er sich zutiefst. Was hat dir nun dein Patriotismus genützt? Dein Leben hast du als Abenteurer verbracht, und jetzt kannst du nicht einmal mehr mit einer Frau schlafen. Was hast du schon davon gehabt? Egal, ich will nichts als etwas mehr Geld.

Immer weiter fährt der Wagen über die glühende Strasse.

Der Polizist schob ihn vor den Offizier, der ihn anfuhr: »Du hältst dich wohl für einen Helden, wenn dich diese auf der Strasse herumdemonstrierenden Esel auf ihren Schultern tragen?« Er spuckte ihm ins Gesicht, aber Assaad rührte sich nicht, auch nicht, als ihm der Speichel langsam von der Stirn auf die Nase hinablief, klebrig und ekelerregend. »Hinaus mit ihm!« Auf dem Korridor hörte er den Polizisten, der seinen Arm fest umklammert hielt, leise sagen: »Verfluchte Uniform!« Dann liess er ihn laufen, und Assaad machte, dass er wegkam ... Sein Onkel wollte ihn mit seiner Tochter verheiraten. Deshalb wünschte er, Assaad solle endlich einen Anfang machen. Sonst hätte er nie im Leben die fünfzig Dinar bekommen.

Immer weiter fährt der Wagen. Der Motor brüllt wie ein Wege verschlingender Riesenschlund. Die Sonne steht hoch am Himmel und stülpt über die Wüste eine weite weisse Flammenkuppel. Der Staubstreifen wirft eine solche Hitze zurück, dass die Augen zu erblinden drohen.

Einmal hatte man von einem erzählt, der nicht aus Kuwait zurückgekehrt sein soll, weil er dort am Hitzschlag gestorben sei. Er arbeitete gerade mit der Hacke, als er zu Boden stürzte und die Hacke unter sich begrub. Der Hitzschlag hatte ihn getötet ... Wollt ihr ihn in Kuwait begraben oder zu Hause? Das war alles. Ein Hitzschlag. Richtig. Wer hat eigentlich das Wort Hitzschlag erfunden? War das nicht ein genialer Mensch? Dieser weite Raum war wie ein verborgener Riese, der die Köpfe mit feurigen Peitschen schlägt und mit kochendem Teer übergiesst. Aber kann die Sonne sie wirklich töten und alles in ihrer Brust?

Plötzlich trafen sich ihre Blicke. Es war, als wären die Gedanken von einem Kopf zum andern gewandert und hätten die gleichen Ängste wachgerufen. Abul-Chaisurân blickte zu Marwân, dann zu Abu Kais, der ihn anstarrte. Er versuchte zu lächeln, vergeblich. Er wischte sich mit dem Ärmel den Schweiss von der Stirn und sagte gepresst: »Das ist die Hölle, wie man sie mir beschrieben hat.«

»Gottes Hölle?«

»Ja.«

Abul-Chaisurân stellte den Motor ab und stieg langsam aus. Marwân und Abu Kais folgten ihm. Assaad blieb oben sitzen, wie festgeklebt.

Abul-Chaisurân setzte sich im Schatten des Wagens hin, zündete sich eine Zigarette an und sagte gepresst: »Ruhen wir uns noch ein wenig aus, bevor wir die Vorstellung wiederholen.«

»Warum bist du eigentlich nicht schon gestern abend mit uns losgefahren?« fragte Abu Kais. »Diese ganzen Strapazen wären uns in der kühlen Nacht erspart geblieben.«

Ohne aufzuschauen, antwortete Abul-Chaisurân: »Auf der Strecke zwischen Safwân und Mutlâ wimmelt es nachts von Streifen. Tagsüber, bei dieser Hitze, kommt keine Patrouille auf Kontrollgang heraus.«

»Warum sperrst du uns eigentlich in dieses schreckliche Gefängnis«, wollte Marwân wissen, »wenn dein Wagen überhaupt nicht kontrolliert wird?«

»Sei nicht albern!« fuhr ihn Abul-Chaisurân an. »Hast

du denn so Angst, fünf oder sechs Minuten da drin zu sein? Wir haben schon mehr als die Hälfte hinter uns. Jetzt kommt der leichtere Teil.«

Abul-Chaisurân stand auf, ging zu der grossen Wasserflasche, die an der Tür hing, und öffnete sie. »Nach unserer Ankunft werde ich euch ein Festmahl servieren. Zwei Hühner werde ich schlachten.«

Er hob die Flasche und goss sich Wasser in den Mund. Aus seinen Mundwinkeln lief es ihm durch den Bart auf sein nasses Hemd. Als er seinen Durst gelöscht hatte, goss er sich den Rest über den Kopf. Das Wasser lief ihm über Stirn, Hals und Brust. Er sah merkwürdig aus. Dann hängte er die Flasche wieder an die Tür und rief: »Los, ihr wisst ja nun schon genau, wie alles geht.« Er unterstrich seine Aufforderung mit einer Handbewegung. »Wie spät ist es? Genau halb zwölf. Zählt mit! In höchstens sieben Minuten werde ich den Deckel wieder aufmachen. Merkt es euch gut! Jetzt ist es halb zwölf.«

Marwân sah auf seine Uhr und nickte. Er wollte noch etwas sagen, brachte aber keinen Ton heraus. Er ging die paar Schritte zur Eisenleiter und begann hinaufzusteigen. Assaad faltete sein Hemd zusammen und verschwand in der Öffnung. Nach einem Augenblick des Zögerns folgte Marwân, indem er sich bäuchlings auf den Rand der Öffnung legte und dann geschickt und entschlossen hineinglitt.

Abu Kais schüttelte den Kopf. »Sieben Minuten?«

»Höchstens.«

Abul-Chaisurân klopfte ihm auf die Schulter und sah ihm fest in die Augen. Da standen sie beide, schweisstriefend, und keiner brachte ein Wort heraus.

Entschlossen kletterte nun auch Abu Kais die Leiter hinauf. Dann streckte er die Beine durch die Öffnung, und die beiden jungen Männer halfen ihm hinunter.

Abul-Chaisurân schloss den Deckel, drehte die Flügelschraube zweimal, sprang hinunter und rannte zum Fahrersitz.

Nur anderthalb Minuten später passierte er das grosse, offene Tor im Stacheldrahtzaun, der den Posten von Mutlâ umgab. Vor der breiten Treppe, die zu einem einstöckigen Backsteinbau führte, brachte er den Wagen zum Stehen. Zu beiden Seiten standen Häuschen mit niedrigen, geschlossenen Fenstern, davor einige Karren mit Lebensmitteln. Das Getöse der Klimaanlagen erfüllte den weiten Platz.

Nur ein, zwei Wagen warteten. Die tiefe Stille wurde allein vom Dröhnen der Klimaanlagen gestört, die unter jedem Fenster eingebaut waren. Ein einziger Soldat stand in einem hölzernen Wachhäuschen neben der Treppe auf Posten.

Abul-Chaisurân stieg eilig die Treppe hinauf und ging ins dritte Zimmer rechts. Kaum hatte er die Tür geöffnet und war eingetreten, sagten ihm auch schon die Blicke der Beamten, die sich auf ihn richteten, dass etwas in der Luft lag. Dennoch zögerte er nicht, dem dicken Beamten, der zuvorderst im Raum sass, seine Papiere hinzuschieben.

»Ja was? Abul-Chaisurân!« Achtlos wischte der Beamte die Papiere beiseite, legte die Arme verschränkt auf den Metalltisch und fragte: »Wo hast du bloss die ganze Zeit über gesteckt!«

»In Basra«, erwiderte Abul-Chaisurân schweratmend.

»Rida hat sicher sechsmal nach dir gefragt.«

»Der Wagen war defekt.«

Die Beamten im Zimmer brachen in dröhnendes Gelächter aus. Verunsichert schaute sich Abul-Chaisurân um. Dann fasste er den Dicken wieder fest ins Auge. »Was gibt's denn heute morgen schon zu lachen?«

Die Beamten wechselten schnelle Blicke und lachten wieder. Abul-Chaisurân trat von einem Bein aufs andere und rief gereizt: »Mach schon, Abu Bâkir, ich bitte dich! Ich habe keine Zeit zum Spassen.«

Er streckte die Hand aus und schob die Papiere direkt vor ihn hin. Doch Abu Bâkir wischte sie wieder beiseite, verschränkte die Arme und lächelte boshaft. »Sechsmal hat er nach dir gefragt!«

»Ich habe dir doch gesagt, dass der Wagen defekt war. Rida und ich können das miteinander ausmachen. Bitte unterschreib, ich hab's eilig.«

Wieder schob er ihm die Papiere hin, und wieder wischte sie Abu Bâkir beiseite.

»Der Wagen war also defekt?«

»Ja doch, bitte, ich hab's eilig.«

Die drei Beamten sahen sich an und liessen ein unterdrücktes, boshaftes Lachen hören. Auf dem Tisch des einen stand nichts als ein kleines Glas Tee. Der andere hatte zu arbeiten aufgehört und verfolgte den Vorgang mit Interesse. Rülpsend meinte Abu Bâkir, der Dicke: »Nimm doch Vernunft an! Warum pressiert es dir so, und das bei dieser grauenvollen Hitze? Hier drinnen ist es kühl. Ich werde dir ein Glas Tee kommen lassen. Lass es dir wohl sein!«

Abul-Chaisurân nahm die Papiere, ergriff Abu Bâkirs Kugelschreiber, ging um den Tisch herum, trat neben ihn und beugte sich vor. Er hielt Abu Bâkir den Kugelschreiber hin und stiess ihm mit dem Arm gegen die Schulter.

»Auf meiner nächsten Fahrt werde ich ein Stündchen mit euch zusammensitzen. Jetzt aber lass mich gehen, um deiner Frau und deines Sohnes willen! Nimm schon!«

Doch Abu Bâkir rührte sich nicht. Mit blödem Blick starrte er ihn weiter an, drauf und dran loszulachen. »Abul-Chaisurân, du vermaledeites Schlitzohr! Warum vergisst du denn in Basra, dass du es eilig hast?«

»Ich habe dir doch gesagt, dass der Wagen in der Werkstatt war.« Wieder hielt er den Stift hin, doch Abu Bâkir rührte sich nicht.

»Lüg doch nicht, Abul-Chaisurân, lüg doch nicht! Rida hat uns die Geschichte von A bis Z erzählt.«

»Welche Geschichte?«

Die drei sahen sich an, während Abul-Chaisurân schreckensbleich wurde und der Kugelschreiber in seiner Hand zu zittern begann.

»Na, die Geschichte mit der Tänzerin ... Ali, wie hiess sie gleich?«

»Stella«, antwortete Ali, der hinter seinem leeren Tisch sass.

»Stella, ja, Stella.« Abu Bâkir schlug mit der Hand auf den Tisch. »Abul-Chaisurân, du Schwerenöter, warum erzählst du uns nichts von deinen Abenteuern in Basra? Vor uns gibst du dich artig und wohlerzogen, und in Basra geht's dann rund mit dieser Tänzerin ... ja, Stella heisst sie.«

»Stella hin, Stella her«, rief Abul-Chaisurân und bemühte sich, scherzhaft zu klingen. »Was soll's? Lass mich gehen, bevor mich Rida entlässt.«

»Ausgeschlossen! Erzähl uns von dieser Tänzerin! Rida kennt die ganze Geschichte und hat sie uns schon erzählt. Also los!«

»Wenn Rida sie euch schon erzählt hat, warum soll ich es nochmals tun?«

Plötzlich sprang Abu Bâkir auf und brüllte wie ein Stier: »Also ist es wahr, wirklich wahr.«

Er ging um den Tisch herum und blieb mitten im Zimmer stehen. Die schwüle Geschichte hatte ihn sichtlich erregt. Tag und Nacht hatte er darüber nachgedacht, all seine Phantasien damit verbunden, die sein schmerzlich enthaltsames Leben hervorgebracht hatten. Der Gedanke, einer seiner Bekannten habe mit einer Hure geschlafen, war aufregend und viele Phantasien wert.

»Da fährst du nach Basra und behauptest, dein Wagen sei defekt; und dann verbringst du dort mit Stella die wundervollsten Nächte deines Lebens. Du vermaledeiter Abul-Chaisurân! Sag uns, wie hat sie dich lieben gelernt? Rida erzählt, dass sie dich aus lauter Liebe sogar freihält und dir noch Schecks ausstellt. Du bist doch ein Schwerenöter, Abul-Chaisurân!«

Abu Bâkir trat näher zu ihm heran. Sein Gesicht war gerötet. Offenbar hatte er sich die Geschichte, die ihm Rida am Telefon erzählt hatte, noch gründlich ausgemalt.

»Bist du wirklich so gut?« fragte er flüsternd. »Oder hat sie keine anderen Männer gefunden?«

Abul-Chaisurân lachte hysterisch auf und hielt Abu

Bâkir die Papiere hin. Dieser griff mechanisch nach dem Kugelschreiber und unterschrieb. Sein unterdrücktes Lachen schüttelte ihn. Als Abul-Chaisurân aber seine Hand nach den Papieren ausstreckte, versteckte Abu Bâkir sie hinter seinem Rücken und hielt ihn mit der anderen Hand von sich.

»Das nächste Mal komme ich mit nach Basra, einverstanden? Du wirst mich mit dieser Stella bekannt machen. Rida sagt, sie wäre wirklich schön.«

Abul-Chaisurân versuchte, an die Papiere heranzukommen. »Einverstanden«, sagte er, und seine Stimme bebte.

»Ehrenwort?«

»Ehrenwort.«

Wieder lachte Abu Bâkir laut auf, wiegte seinen runden Kopf und ging zu seinem Schreibtisch zurück. Abul-Chaisurân stürzte mit seinen Papieren aus dem Zimmer. Abu Bâkirs Stimme folgte ihm: »Abul-Chaisurân, du Gauner! Mehr als zwei Jahre lang hast du uns zum Narren gehalten. Jetzt ist es rausgekommen.«

Während er ins andere Zimmer rannte, sah Abul-Chaisurân auf die Uhr; es war Viertel vor zwölf. Die Unterzeichnung der anderen Papiere dauerte nicht mehr als eine Minute.

Als er die Tür des Gebäudes hinter sich zuschlug, überfiel ihn erneut die Hitze. Doch es kümmerte ihn nicht. Immer zwei Stufen auf einmal sprang er die breite Treppe hinunter und stand gleich vor seinem Wagen. Blickte zum Tank. Das Metall schien unter der schrecklichen Sonne fast zu schmelzen.

Der Motor sprang sofort an, und einen Augenblick später fuhr Abul-Chaisurân durch das Tor, ohne auch nur dem Posten zuzuwinken. Die Strassendecke war jetzt gut. Noch eine bis anderthalb Minuten, dann wäre er, hinter der ersten Kurve, ausser Sichtweite des Grenzpostens.

Als ihm ein grosser Lastwagen entgegenkam, musste er die Geschwindigkeit etwas drosseln. Danach liess er seinem Wagen wieder freien Lauf. In der Kurve gaben die Reifen ein langgezogenes Quietschen von sich, wie eine Totenklage. Bei dem teuflisch weiten Bogen berührten sie beinahe den unbefestigten Sandstreifen. Furcht, nichts als Furcht beherrschte seine Gedanken. Er war nahe daran, so kam es ihm vor, ohnmächtig über dem Lenkrad zusammenzusinken … Das Lenkrad war heiss; er spürte, wie es seine rauhen Handflächen verbrannte. Dennoch lockerte er seinen Griff nicht. Auch der Ledersitz unter ihm glühte. Und die Windschutzscheibe war staubüberzogen und gleisste im Sonnenlicht. Die Reifen kreischten laut, als schürften sie den Asphalt unter sich ab.

Musstest du denn dein ganzes dreckiges Gerede vor allen rauskotzen, Abu Bâkir? Das hatte gerade noch gefehlt! Gott, der Allmächtige, verfluche dich! Dieser Gott, den es nirgendwo gibt, soll seinen Fluch auf dich herabschleudern. Auch auf dich, Rida, du Lügner! Eine Tänzerin? Stella? Gott verfluche euch alle!

Er stoppte den Wagen abrupt und kletterte über das Rad auf den Tank. Beim Berühren des Metalldeckels verbrannte er sich die Hände. Er zog sie rasch zurück und stützte sich mit den durch die Ärmel geschützten Ellbogen auf das Eisen. Dann schob er sich bis zur Flügelschraube vor, packte sie mit einem Zipfel seines blauen Hemdes und drehte sie. Kreischend ging sie auf, und der rostige Deckel klappte hoch, bis er senkrecht auf dem Scharnier stand.

Als Abul-Chaisurân den Deckel losliess, blickte er kurz auf seine Armbanduhr. Sie zeigte neun Minuten vor zwölf. Auf dem runden Glas waren feine Risse.

Einen Augenblick gähnte die Tanköffnung leer. Abul-Chaisurân hielt den Blick starr und krampfhaft darauf gerichtet. Er atmete schwer, von böser Vorahnung erfüllt. Seine Unterlippe bebte. Ein Schweisstropfen fiel von seiner Stirn auf den Tank und verdampfte sofort. Er legte die Hände auf seine Knie und beugte seinen durchnässten Rücken, bis sein Gesicht direkt über der schwarzen Öffnung stand.

»Assaad«, rief er mit hölzerner, heiserer Stimme.

Das Echo aus dem Tankinnern zerriss ihm fast das Trommelfell. Noch bevor der erste Widerhall verebbt war, rief er nochmals: »He, ihr da!« Dann legte er seine Hände auf den Rand der Öffnung, stützte sich auf seine kräftigen Arme und glitt hinunter.

Es herrschte völlige Dunkelheit, so dass Abul-Chaisurân zunächst überhaupt nichts erkennen konnte. Erst als er sich von der Öffnung wegschob, fiel ein gelber Lichtkegel auf den Boden und liess eine Brust mit dichtem grauem Haar sichtbar werden, schimmernd wie ein Überzug aus Zinn. Abul-Chaisurân beugte sich nieder und legte sein Ohr auf das feuchte graue Haar. Der Körper war kalt und stumm. Mit vorgestreckter Hand ertastete er sich den Weg in eine Ecke des Tanks. Der andere

Körper hielt sich noch an der Eisenhalterung fest. Abul-Chaisurân griff nach dem Kopf, fand jedoch nur zwei verschwitzte Schultern. Dann erst merkte er, dass der Kopf auf die Brust herabgesunken war. Als er mit der Hand über das Gesicht fuhr, geriet sie in einen weitaufgerissenen Mund.

Abul-Chaisurân fühlte sich dem Ersticken nahe. An seinem Körper lief der Schweiss in Strömen herab. Ihm war, als hätte man ihn dick mit Öl eingerieben. Zitterte er wegen dieser Ölschicht auf Brust und Rücken oder aus Angst? Er wusste es nicht. Gebückt schob er sich wieder zur Tanköffnung. Als er den Kopf hinausstreckte, fiel ihm, er wusste nicht, warum, Marwâns Gesicht ein ... Es erfüllte ihn völlig und hing in ihm wie ein Bild an einer Wand. Heftig schüttelte er den Kopf und stieg ganz hinaus. Die Sonne brannte ihm erbarmungslos aufs Haupt. Einen Augenblick verweilte er so und sog die frische Luft ein. Er konnte an nichts mehr denken. Marwâns Gesicht beherrschte ihn, durchflutete ihn wie eine Fontäne, die donnernd aus der Erde hoch in die Luft schiesst.

Wieder auf dem Fahrersitz, dachte er an Abu Kais. Sein Hemd lag noch neben ihm. Er nahm es mit den Fingerspitzen und schleuderte es fort. Dann liess er den Motor an, der aufheulte. Langsam fuhr das Fahrzeug den Abhang hinunter. Abul-Chaisurân blickte durch das kleine, vergitterte Fenster nach hinten und sah den Metalldeckel senkrecht auf dem Scharnier stehen; innen war er vom Rost zerfressen. Plötzlich verschwand er hinter salzigen Tropfen, die seine Augen füllten. Kopfschmerzen frassen an ihm, und ihm schwindelte ... und so wusste er nicht mehr, ob diese salzigen Tropfen Tränen waren oder Schweiss, der von seiner brennendheissen Stirn floss.

Das Grab

Als die Nacht hereingebrochen war, lenkte Abul-Chaisurân den Wagen aus der Stadt. Das matte Licht der Strassenlaternen, die vorbeiglitten, tanzte auf dem Asphalt. Er wusste, die Lichter würden bald enden, wenn er sich noch weiter von der Stadt entfernte. Dann wäre es stockdunkel; denn die Nacht war mondlos. Die Wüste wäre still wie das Grab.

Er bog von der Teerstrasse ab und schwenkte auf einen Sandweg ein, der in die Wüste führte. Seit Mittag war er fest entschlossen gewesen, sie zu begraben, jeden für sich, in drei Gräbern. Jetzt aber nagte Müdigkeit an ihm, als hätte man ihm ein Betäubungsmittel in die Arme gespritzt. Er hatte nicht mehr die nötige Kraft … Er war nicht mehr in der Lage, stundenlang den Spaten zu halten, um drei Gräber auszuheben. Schon bevor er am Abend den Wagen aus Ridas Garage geholt hatte, hatte er sich vorgenommen, die drei nicht zu begraben, sondern sie einfach in die Wüste zu bringen und nach Hause zurückzufahren. Nun aber gefiel ihm auch dieser Gedanke nicht mehr. Es behagte ihm nicht, dass die Leichen der Gefährten in der Wüste verwesen und Beute von Raubvögeln und wilden Tieren werden sollten und in einigen Tagen nur noch als bleiche Skelette im Sand lägen.

Langsam und leise fuhr der Wagen dahin. Abul-Chaisurân war in Gedanken versunken, doch er dachte nicht wirklich nach. Bruchstücke von Bilderfolgen gingen ihm durch den Kopf – endlos, zusammenhanglos, sinnlos. Er fühlte die Erschöpfung ihm ameisengleich in die Knochen kriechen. Ein Windstoss trug ihm Fäulnisgeruch in die Nase. Hier ist die städtische Müllhalde, dachte er. Wenn ich die Leichen hier ablade, werden sie morgen früh entdeckt und erhalten ein Begräbnis unter öffentlicher Aufsicht.

Er drehte das Steuer und folgte den Spuren der zahlreichen Räder, die sich vor ihm den Weg durch den Sand gebahnt hatten. Dann schaltete er das Fernlicht ab und fuhr langsam, nur mit den Parklichtern, weiter. Als vor ihm die Müllhaufen auftauchten, schwarz und hoch, drehte er auch die Parklichter ab. Ein Fäulnisgeruch lag über der ganzen Gegend, doch gewöhnte er sich schnell daran. Er hielt an und stieg aus.

Einige Augenblicke blieb Abul-Chaisurân neben dem Wagen stehen, um sich zu vergewissern, dass ihn niemand beobachtete. Dann kletterte er auf den Tank. Er war kühl und feucht. Langsam drehte er die Flügelschraube auf und zog den quietschenden Metalldeckel nach oben. Er stützte sich mit den Armen auf und glitt behend hinunter.

Die erste Leiche war kalt und steif. Er hievte sie auf die Schulter und schob sie, mit dem Kopf voran, durch die Öffnung und stiess sie hinaus. Er hörte sie polternd über den Tank rollen, dann dumpf im Sand aufschlagen. Grosse Mühe bereitete es ihm, die Hände der zweiten Leiche aus der Eisenhalterung zu lösen. Dann zog er sie, sie war gerade und starr, an den Füssen zur Öffnung und warf sie über die Schulter hinaus. Auch ihr Aufschlagen hörte er. Mit der dritten Leiche ging es leichter.

Er sprang hinaus und schloss langsam die Öffnung. Dann stieg er die Leiter hinab. Es war stockdunkel, und er war froh darüber. Das ersparte ihm den Anblick ihrer Gesichter … Er zog eine Leiche nach der anderen an den Füssen fort und warf sie hin, wo der Weg aufhörte und die Fahrzeuge der Stadtverwaltung gewöhnlich anhielten, um den Müll abzuladen. Gleich der erste Fahrer am frühen Morgen sollte sie finden.

Danach stieg er wieder auf den Fahrersitz, liess den Motor an und fuhr langsam rückwärts, wobei er sich, soweit als möglich, in den Fahrspuren der anderen Wagen zu halten versuchte. Bis zur Hauptstrasse wollte er rückwärts fahren, um die Spuren gänzlich zu verwischen.

Doch plötzlich fiel ihm etwas ein, nachdem er schon ein ziemliches Stück rückwärts gefahren war. Er stellte den Motor wieder ab, lief zu den Leichen zurück und holte das Geld aus ihren Taschen. Marwân nahm er auch die Uhr ab. Auf Zehenspitzen ging er zum Auto zurück.

Bis zur Wagentür kam er und hatte ein Bein schon aufs Trittbrett gesetzt, als ihn plötzlich noch ein Gedanke durchzuckte. Wie erstarrt blieb er auf der Stelle stehen, wollte etwas tun, etwas sagen, schreien, doch gleich wurde ihm klar, wie töricht das wäre. Er versuchte, vollends hinaufzusteigen, merkte aber, dass ihm die Kraft dazu fehlte. Der Kopf drohte ihm zu zerspringen. Alle Erschöpfung, die er plötzlich spürte, konzentrierte sich dort, und es begann darin zu brummen. Er griff sich mit den Händen an den Kopf und begann sich die Haare zu raufen, um diesen Gedanken loszuwerden … Doch er blieb, gross, lärmend, gewaltig, fest und unerschütterlich.

Er blickte in die Richtung, wo die Leichen lagen, konnte aber nichts erkennen. Der Blick schürte diesen Gedanken nur noch mehr, der sich in seinem Kopf entzündet hatte. Plötzlich konnte Abul-Chaisurân ihn nicht mehr in seinem Kopf festhalten. Er liess die Hände sinken und starrte mit weitaufgerissenen Augen in die Dunkelheit. Da glitt der Gedanke von seinem Kopf auf die Zunge: »Warum haben sie eigentlich nicht an die Tankwand geklopft?«

Er drehte sich um sich selbst. Fürchtete, er könnte fallen, und stieg hinauf auf den Fahrersitz. Legte den Kopf aufs Steuer.

»Warum habt ihr eigentlich nicht an die Tankwand geklopft? Warum nicht gerufen? Warum?«

Und plötzlich hallte die ganze Wüste wider: »Warum habt ihr nicht an die Tankwand geklopft? Warum habt ihr nicht an die Tankwand gehauen? Warum? Warum? Warum?«

Nachwort

Kürze ist ein bestimmendes Merkmal im Leben und im Werk von Ghassan Kanafani – kurz war sein Leben, und kurz sind alle seine Werke: Die Kurzgeschichte oder die kurze Erzählung ist die von ihm hauptsächlich gepflegte Gattung.

Kurz sind auch die in seinem Gesamtwerk als »Romane« bezeichneten Arbeiten, von denen vier zu seinen Lebzeiten erschienen sind, zwei weitere posthum veröffentlicht wurden. Inwieweit alle diese wirklich Romane sind und nicht eher der Novelle zugeordnet werden sollten, ist nicht ganz leicht zu sagen. Doch weisen die Vielschichtigkeit der Handlung, die unterschiedlichen Erzählperspektiven und die zahlreichen Rückblenden im Bewusstsein der Personen eher weg von der einfachen, geradlinigen Struktur der Novelle.

Ghassan Kanafani ist am 9. April 1936 in Akka, im Norden des damaligen Palästina, geboren. Sein Vater war Anwalt und gehörte zu den Sprechern der Palästinenser. Bis zu seinem zwölften Lebensjahr besuchte er die französisch-katholische Ecole des Frères in Jaffa. Im Mai 1948 beginnt für Ghassan Kanafani wie für etwa 700 000 Palästinenser ein Leben als Vertriebener. Zusammen mit seiner Familie geht er für kurze Zeit in den Libanon, dann nach Syrien. 1956 nimmt er eine Stelle als Lehrer in Kuwait an. Vier Jahre später kehrt er in den Libanon zurück und arbeitet bis zu seinem Tod als Mitarbeiter an palästinensischen und nasseristischen Zeitungen. Am 8. Juli

1972 fällt er in Beirut einem Bombenattentat zum Opfer, als dessen Urheber, je nach Blickwinkel, konkurrierende Palästinenserorganisationen oder, so häufiger, der israelische Geheimdienst gilt.

Unter Kanafanis Werken befinden sich einige, deren visionäre Kraft im Lauf der vergangenen Jahrzehnte immer mehr an Klarheit gewann. Der Roman *Rückkehr nach Haifa** (das letzte zu Lebzeiten des Autors publizierte Werk) ist ein solches. Als im Rahmen von »Oslo«, dem wirklich nur so genannten Friedensprozess der 1990er Jahre, das Thema des Rückkehrrechts für Vertriebene (das nach internationalem Recht garantiert ist) angesprochen wurde, war der Roman plötzlich wieder aktuell. Es ist die Bearbeitung der berühmten Salomo-Geschichte vom Streit um das Kind, anders gesagt, der *Kaukasische Kreidekreis* auf palästinensisch. Und so erfuhr das kleine Werk weltweit in letzter Zeit mehrfach szenische Bearbeitungen: Es gibt beispielsweise eine iranische Verfilmung, eine französische Bühnenbearbeitung, und jüngst wurde es, etwas aktualisiert, in einem Kölner Kleintheater aufgeführt.

Behandelt wird darin die Geschichte eines doppelten Anspruchs, des Anspruchs der Verdränger und der Verdrängten. Zwei sehr unterschiedliche Elternpaare stehen sich 1967 im Streit um den Sohn gegenüber: die palästinensisch-arabischen Flüchtlinge und die polnisch-jüdischen Immigranten. Die einen haben im Verlauf des Krieges von 1948 Land, das Haus und sogar das Kind

* *Rückkehr nach Haifa.* Roman aus Palästina. Aus dem Arabischen von Hartmut Fähndrich. Basel 1992.

verlassen müssen, die anderen haben all das übernommen, nachdem sie selbst anderswo (weit weg von Palästina und ohne das geringste Verschulden der Palästinenser) vertrieben worden waren. Der zurückgelassene palästinensische Sohn ist als Jude im Haus der Immigranten aufgewachsen und leistet, beim Besuch seiner leiblichen Eltern in Haifa kurz nach dem Sechstagekrieg im Juni 1967, gerade seinen Militärdienst.

Eine Lösung für diesen doppelten Anspruch bietet weder die eine noch die andere Seite. Denn einer solchen müsste zwingend die Anerkennung einer Schuld, eines begangenen Unrechts, vorausgehen, sonst werden sich – so das Ende des Romans – junge Männer wie Châled, der zweite, nach der Flucht geborene Sohn des vertriebenen palästinensischen Ehepaars, weiterhin Kampfgruppen anschliessen.

Die Motivation für diesen bewaffneten Kampf, die gewaltsame Verdrängung, schildert Ghassan Kanafani in einer fast schon gespenstisch zu nennenden Erzählung, »Damals war er ein kleiner Junge«*. Es ist die Schilderung einer Episode aus dem Krieg von 1948, für den Kanafani, damals zwölf Jahre alt, Zeitzeuge ist. Ein kleiner Junge erlebt, wie der Bus, in dem auch er sitzt, von einer jüdischen Kampfgruppe angehalten wird und alle Insassen, Palästinenser, abgeknallt werden. Nur dem kleinen Jungen erlaubt man wegzulaufen. Er tut es. Doch bedrohlich steht über der Geschichte ihr Titel – Hinweis auf die später mögliche oder zu erwartende Rache.

* *Das Land der traurigen Orangen.* Palästinensische Erzählungen. Aus dem Arabischen von Hartmut Fähndrich. Basel 1994, S. 17–24.

Wesentliches Element für eine spätere Rache ist jedoch nicht »nur« der kaltblütige Mord, sondern vielleicht mehr noch die vorangegangene Erniedrigung, die Demütigung. Dieses Motiv wird in einer anderen Erzählung mit biblischem Thema (wohl eine Reminiszenz an die vom Autor besuchte Schule) aufgenommen, »Ein Bericht aus Ramla«*. Im Rahmen der Kriegshandlungen von 1948 wird Abu Osman, ein einfacher Barbier, mit anderen Dorfbewohnern von einer jüdischen Kampfgruppe in seinem Dorf zusammengetrieben. Während sie dastehen und warten, zupft ihn eine Soldatin spöttisch am Bart und erschiesst danach kaltblütig seine Tochter. Kurz darauf erschiesst ein Soldat seine weinende Frau. Ihm wird gestattet, aus seinem Laden Leichentücher zu holen und beide zu begraben. Später, während seines Verhörs beim Kommandanten der Truppe, bringt eine gewaltige Detonation das ganze Gebäude zum Einsturz. Die kurze Erzählung ist Kanafanis Version der Simson-Geschichte, jenes möglicherweise ersten Berichts eines Selbstmordattentäters, dem früher einmal alle Kinder aus dem jüdisch-christlichen Abendland ehrfürchtig bewundernd in der Sonntagsschule lauschten.

Im Buch der Richter, Kapitel 13–16, wird vom Elend Israels berichtet, dem Simson, »ein Geweihter Gottes«, ein Ende setzen soll. Doch zunächst geht er durch verschiedene Erfahrungen, die seinen Hass fördern: Treulosigkeit, Verrat, Verstümmelung. Erst zutiefst erniedrigt, bringt er, der seine Stärke durch seine göttliche Erwäh-

* *Das Land der traurigen Orangen.* Palästinensische Erzählungen. Aus dem Arabischen von Hartmut Fähndrich. Basel 1994, S. 71–77.

lung bezieht, eine Halle zum Einsturz, die an die dreitausend Personen, »Mann und Weib«, unter sich begräbt. Auch Simson selbst kommt dabei um und erhält von den Seinen ein würdiges Begräbnis.

Der Charme dieser – wie manch anderer – biblischen Geschichte hat unter der auch biblisch begründeten politischen Entwicklung im Raum Palästina während der letzten Jahrzehnte stark gelitten. Das zentrale Element, das auch Kanafani in seiner Kurzgeschichte »Ein Bericht aus Ramla« herausarbeitete, hat nichts von seiner Richtigkeit verloren: Es sind Personen, die sich selbst und ihre Angehörigen, das Volk, in die Hilflosigkeit gedrängt und unerträglicher Demütigung ausgesetzt sehen, die zum mörderischen Mittel des Selbstmordattentats greifen, mit dem sie auch viele andere in den Tod reissen. Interessanterweise mischt sich auch bei Simson die persönliche Rache (Frauengeschichten) mit dem, was er als Dienst fürs Volk sieht. »Er wird anfangen, Israel zu erlösen«, lautet Gottes Verheissung an Simsons Mutter.

Der hier neuaufgelegte Roman entstammt einer etwas früheren Schaffensepoche, jedenfalls einer anderen Perspektive auf die Situation der Palästinenser. *Männer in der Sonne,* 1963 auf arabisch veröffentlicht, hat den Autor in der arabischen Welt bekannt gemacht, und bis heute ist sein Name am ehesten mit diesem Werk verbunden. Der kurze Roman wurde in mehrere Sprachen übersetzt, mehrfach als Bühnenstück und Hörspiel bearbeitet. Das Werk war schon Gegenstand zahlreicher Untersuchungen, und seine Nennung fehlt in keiner Darstellung palästinensischer Literatur.

Die starke Resonanz hat vielerlei Gründe.

Da ist zunächst die klare, straffe Handlung, der schon fast etwas mechanistische Ablauf. Erst die Vorgänge in Basra, in deren Rahmen die drei Palästinenser eingeführt werden, dann die »Abmachung« und eine Fahrt in zwei Etappen durch die Wüste, schliesslich der Epilog: der Fahrer allein mit den Leichen und der entscheidenden Frage.

Da ist weiterhin die Zeichnung, die Charakterisierung der vier Hauptpersonen, der drei und ihres Fahrers. Dabei stellen die drei, die nach Kuwait wollen, deutlich drei Generationen und drei Lebensarten von Palästinensern damals dar: den alten Mann, der sich hat vertreiben lassen und der jahrelang, von der Vergangenheit träumend und ohne Hoffnung auf eine Zukunft, im Lager dahinvegetiert; den jungen Mann, der, weil für sein Volk kämpfend, ständig auf der Flucht vor der jordanischen Polizei ist; den Jungen im Schulalter, der die Schule verlassen muss, um die Verantwortung für seine Angehörigen zu übernehmen. Als vierter tritt noch der Fahrer hinzu, auch er Palästinenser, im Alter zwischen dem alten und dem jungen Mann, der schon im – vergeblichen – Kampf um Palästina mitgefochten hat.

Da ist schliesslich die – auch hier durchaus religiöse – Symbolik des Romans, die schon zu unterschiedlichen Interpretationen geführt hat: politisch-palästinensischen, panarabischen und allgemein menschlichen. Dabei kann Palästina einfach als Palästina verstanden werden, es kann aber auch zur Hölle auf Erden werden. Der Weg von dort weg kann einfach Wüstenpiste sein, lässt sich aber auch als *ṣirâṭ* interpretieren, jenen »Testpfad«, dessen Überquerung nach muslimischer Vorstellung die Voraussetzung zur Aufnahme ins Paradies bildet, weil auf ihm die Erwählten von den Verdammten geschieden werden; und verdammt ist, wer seine Pflichten auf Erden nicht erfüllt hat. Dadurch kann Kuwait vom wohlhabenden Golfstaat und Ziel vieler Palästinenser auf Arbeitssuche zum Paradies werden, in das man entweder eingelassen wird oder eben nicht.

Wenn man nun nicht ins Paradies eingelassen wird, sondern auf dem Weg dorthin umkommt, worin besteht die Schuld? Denn um eine solche muss es sich bei diesem Verständnis des Romans handeln. Darin, der Heimat den Rücken gekehrt zu haben? So sehen es manche Interpreten. Darin, dem persönlichen Vorteil nachzugehen? So sehen es andere. Darin, sein Schicksal fremden Händen anzuvertrauen? So sehen es nochmals andere. Und da kann Abul-Chaisurân dann zum Symbol der arabischen Regierungen werden, denen die Palästinenser die Lenkung überlassen, ohne sich selbst auch nur daran zu beteiligen.

Männer in der Sonne zielt von Anfang an auf das fatale Ende. Der Vogel, der über Abu Kais schwebt, ist schwarz. Dass das Ende der drei Palästinenser jedoch eine städtische Müllkippe ist, haben dem Autor auch schon Interpreten übelgenommen, die das Symbol offenbar missverstanden. Kanafani will die Palästinenser nicht auf die Müllkippe befördern, aber er befürchtet – und die Entwicklung der vergangenen Jahrzehnte, während deren sich die Situation der Palästinenser unter den Augen der Weltöffentlichkeit stetig verschlechtert hat, scheint ihm recht zu geben –, sie dort einst zu sehen, wenn sie nicht zum Handeln finden; und hier liegt auch die Antwort auf die Frage, die er dem Fahrer am Schluss in den Mund legt.

Als Ghassan Kanafani kurz vor seinem Tod im Jahre 1972 die Verfilmung seines Romans sah, billigte er die geänderte Version: Man hatte die Palästinenser am Ende an die Tankwand klopfen lassen.

Hartmut Fähndrich,
November 2007

Zur Erleichterung der Aussprache arabischer Namen wurden in der Übersetzung betonte lange Silben mit einem Zirkumflex (^) versehen.